書下ろし

七福神殺し

風烈廻り与力・青柳剣一郎⑤

小杉健治

祥伝社文庫

目次

第一章　男同士　7
第二章　恋女房　91
第三章　友情　162
第四章　別離　239

第一章　男同士

一

　ふと頰《ほお》に何かが触れたような気がして、長右衛門《ちょうえもん》は目を覚ました。風だと気づいた。冷たい風が頰に当たっていたのだ。

　残暑も過ぎた秋の夜風はことさら寂《さび》しく感じられる。四十半《なか》ばに近づき、自分も季節でいえば初秋だろうか、あるいは仲秋に差しかかっているのだろうか。

　今、何刻だろうか。有明行灯《ありあけあんどん》の明かりで、室内は仄《ほの》かに明るい。それにしても、なぜ、風が吹き込んで来るのか。そう思ったとき、いきなり襖《ふすま》が開き、何者かが飛び込んで来た。

　息が詰まりそうになった。

　数人の影が部屋に押し入り、素早く長右衛門の眼前に刃を突きつけ、さらに、隣に寝ていた妻のお久《ひさ》を叩き起こした。

長右衛門は目を剝《む》いた。

恵比寿《えびす》、大黒天《だいこくてん》、毘沙門天《びしゃもんてん》、寿老人《じゅろうじん》、弁財天《べんざいてん》。七福神の面をつけた賊が長右衛門夫婦を取り囲んだ。

妻が悲鳴を上げた。毘沙門天が刀の切っ先を妻の喉元《のどもと》に突き当てていた。

廊下をはさんだ向かいの部屋に伜《せがれ》の和太郎《わたろう》がいる。七福神なら、あとふたりいるはずだと思ったとき、襖が開き、福禄寿《ふくろくじゅ》と布袋《ほてい》の面をつけた賊が、伜の和太郎を引っ張って来た。和太郎は猿ぐつわをはめられていた。

十七歳の和太郎は背が高いが、おとなしい性格で、怯《おび》えた目をしていた。

「やめろ」

そう怒鳴ろうしたが、声が出せない。長右衛門は伜のほうに行こうとしたが、すぐに賊に肩を押さえつけられた。こんな威《おど》しに屈していては、ここまで商売を大きくなんか出来やしない。刃物など怖くはないし、大声で叫べば、二階に寝ている奉公人にも聞こえるだろう。だが、伜に万が一のことがあってはならないので、長右衛門は手出しが出来なかった。

大黒天の面の賊が匕首《あいくち》を長右衛門に突きつけ、

「七福神が舞い込み、こんな縁起がいいことはない。喜捨してもらおう。五百両しかもらわない」

と、濁った声を出した。

最近、七福神を名乗る押し込みが頻発していると聞いていたが、まさか自分の店に押し入って来るとは想像もしていなかった。

「土蔵の鍵《かぎ》を出せ」

寿老人と福禄寿が長右衛門を立たせた。

「もし、妙な真似《まね》をしたら、火を点《つ》けて我らは退散する」

弁財天が筒に種火を持っていた。

単なる威しだと思ったが、妻や子を人質にとられた格好なので、どうすることも出来ない。

長右衛門は生まれは下野《しもつけ》で、十代の頃から博打《ばくち》場に出入りをし、十八歳のときに土地のやくざと喧嘩《けんか》をして大怪我《けが》を負わせ、江戸に出奔《しゅっぽん》してきたのだ。

そして、質屋『高砂屋《たかさご》』の先代と巡り合い、その信用を得て、婿《むこ》に入って、身代を大きくして来た。

その間には、いろいろな揉《も》め事もあったが、持ち前の強引さで乗り越えて来た。こんな押し込みの連中に尻尾《しっぽ》を丸めるような意気地なしではないが、今はおとなしく従うしかなかった。

長右衛門は寝間の床の間の掛け軸をどけた。そして、そこの壁を押した。壁の奥に棚があり、そこに百両箱のような箱が置いてある。

その箱を引っ張り出した。その中に土蔵の鍵が保管してあるのだ。

毎朝、長右衛門がこうやって鍵を取り出し、番頭に渡す。昼間は番頭が帳場で管理をしているが、夜、その日の売り上げを土蔵に仕舞い終わったあとに、番頭から鍵を受け取り、長右衛門がここに仕舞うのだ。

長右衛門は鍵を手にし、寿老人と福禄寿にはさまれながら廊下に出た。

濡れ縁から庭に出て、土蔵に向かう途中、長右衛門は足をすべらせて転びそうになった。

「おっと、危ねー。気をつけるこったー」

寿老人の男が長右衛門を支えた。

語尾を伸ばす妙な癖《くせ》がある。この男は江戸者ではなく、どこかの田舎者かもしれないと、長右衛門は考えながら、土蔵に向かった。

長右衛門は土蔵の前に立った。

「さあ、開けるんだ」

再び、大黒天の声だ。

俺ひとりなら、こいつらをやっつけることが出来るのにと、長右衛門は鍵を持つ手が震えた。

厚い扉が開いた。

土蔵の中は質草でいっぱいだった。真ん中の梯子段《はしご》を上がって二階に行くと、そこに千両箱や百両箱などが積まれている。

賊は千両箱をこじ開け、小判を奪った。

「我らは貧しい者たちへ施《ほどこ》すために頂戴《ちょうだい》するのであるから、五百両だけもらっていく」

大黒天が言い、他の者たちが紐《ひも》で長右衛門の手足を縛《しば》った。

それから、お久と和太郎も同じように縛られた。

三人を土蔵に閉じ込め、外から鍵を掛けて、七福神は逃走した。

「ちくしょう」

長右衛門は手足を必死に動かしたが、きつく縛ってあって解けそうもなかった。疲れて横たわった。

半刻（一時間）ほど経《た》ってから、土蔵が開いて、奉公人たちが駆け込んで来た。異変に気づいて、女中が番頭を起こし、それから大騒ぎになったようだ。

やっと助け出されたが、屈辱感から長右衛門は体の震えが止まらなかった。

二

青柳剣一郎《あおやぎけんいちろう》はその男といっしょにいると、なんだかとても落ち着くのだ。たいした話をかわすわけでもない。ただ、酒を酌《く》み交わしながら、とりとめのない話をするだけのことだ。

その男と会うのは伊勢町河岸《いせがし》にある居酒屋の『山膳《やまぜん》』であった。

男は三十半ばで、剣一郎より少し若いかもしれない。痩《や》せており、落ち窪《くぼ》んだ頬に尖《とが》った顎《あご》。苦《にが》み走った顔だが、目が澄んでいるのだ。その澄んだ目が男の雰囲気を温かいものにしている。どうして、こんなにやさしさが体から滲《にじ》んでいるのだと思うほど、男は穏《おだ》やかだった。

この男の前では、剣一郎は奉行所の与力であることを忘れ、ひとりの生身の人間になりうる。それは、向こうも同じようだった。

「あっしははじめてよき友に巡りあった気がするよ」

酔うと、決まって男はこう言った。

それに対して、剣一郎も、

「俺だってそうだ。童心に返ったような気がする」

竹馬の友というものより、はるかに強い結びつきがあるように思えた。

男は徳二郎《とくじろう》という。職人らしいが、何の職人か、剣一郎はきいたことがない。また、徳二郎も剣一郎が与力であることを知っていながら、まったくそのことを意識することがないようだ。

今夜も剣一郎は奉行所から帰ると、そそくさと着流しに着替えた。

外出の支度を手伝っていた、妻の多恵《たえ》が、

「私も一度、お会いしとうございますわ」

と、目元を笑わせた。

多恵は二百石の旗本の娘であるが、器量に秀《ひい》でて、剣一郎に輿《こし》入れしてきた当初は八丁堀《はっちょうぼり》の住人が一目多恵を見ようと門前に押しかけたほどだった。その後、剣之助《けんのすけ》、るいというふたりの子の母になっても、その美貌は色あせることはなかった。

「難《むずか》しいな」

剣一郎は真顔で答えた。

「うまく、言えないが、そういう付き合いなのだ」

何が、そういう付き合いなのか、剣一郎はあやふやに答えたが、ようするに、お互いに深く入り込まない。だからこそ、心と心の触れ合いが出来る。

女にこのような気持ちはわかるまいと思っている。

「お父さま、なんだか、いつものお父さまではないよう」

るいが不思議そうに言う。

「父上、お楽しみですか」

元服を済ませ、前髪のとれた剣之助が、大人びた言い方をした。見習いとして奉行所に出仕するようになってから、顔つきも変わってきた。

「剣之助。おまえもよき友を持つことだ」

剣一郎は上機嫌で言い、

「橋尾左門《はしおさもん》とは別な味わいだな」

竹馬の友の橋尾左門を引き合いに出した。

橋尾左門は与力の中の花形である吟味方《ぎんみかた》与力である。役宅も近く、ときたま遊びに来て、遠慮会釈のない酒を酌み交わす。だが、役所では、吟味方与力の顔を崩さない、融通のきかない男だ。そんな男だが、左門とは一番気が合う。だが、徳二郎は、そういう左門との付き合いとはまったく違うのだ。何がどう違うのか、具体的に説明出来ないのがもどかしいが、ようするに説明のつかない付き合いだからこそいいのだと、剣一郎は言った。

多恵はおかしそうに笑った。

「おかしいか」

「いいえ。ますますお会いしとうございますわ」

「まあ、難しいな」

剣一郎は、さっきと同じことを繰り返した。

「では、行って参る」

差料を受け取り、剣一郎は多恵と娘のるいの見送りを受けて、玄関を出た。

剣之助は一足先に外出したらしい。見習いとして出仕するようになって、剣之助は外に出て行くことが多くなったようだ。

八丁堀から伊勢町に向かうには、途中、日本橋川《にほんばし》を江戸橋で渡って、その日本橋川から分かれた堀沿いをまっすぐ行く。

八月に入り、秋もたけなわだ。草木を渡る風の音もさわやかに聞こえる。家々の明かりも鮮やかに目に入るのは空気が澄んでいるからだけでなく、剣一郎の心が弾んでいるせいもあるかもしれない。

伊勢町河岸は小さな呑《の》み屋が並び、軒《のき》行灯が黄色い明かりを灯《とも》している。その外れに、取り残されたようにある『山膳』の暖簾《のれん》をかき分けて入ると、いつもの飯台の同じ場所に、徳二郎が座っていた。

剣一郎の顔を見ると、人懐こい笑みを浮かべた。

「先にやってますよ」

徳二郎が猪口《ちょこ》を掲げて言う。

「遅くなった」

剣一郎は樽椅子《たるいす》に腰をおろした。

「おや、一さん。少し痩《や》せたようじゃねえか」

徳二郎が、剣一郎のことを、一さんと呼ぶ。かつて、そう呼ばれたことがないので新鮮であるし、また違う世界に身を置いているような心地よさがあった。

そうなのだ。徳二郎といると、すべてから解放されるのだ。頬に受けた刀傷から青痣与《あおあざ》力との異名をとり、風烈廻り与力として、風の強い日には市中の見廻りに出たり、そしてあるいは兼務の例繰方《れいくりかた》掛かりとして判例を調べたりという自分の役目からいっきに解き放ってくれるのだ。

この青痣について、剣一郎は劣等感を持ったことはない。一つ間違えれば、醜い痣であるが、そのことは気にしない。いや、かえってそのことが剣一郎を助けていた。

この青痣は剣一郎の武勇を示すものだし、また柔らかい顔立ちを精悍《せいかん》なものにしている。それが、どんなに与力として役立っているかわかる。

だが、その反面、この青痣のせいで、すぐに与力の青柳剣一郎だとわかってしまう。みな青痣与力だとして接してくるのだ。

公務を終え、上下《かみしも》を脱ぎ捨てても、この青痣だけはとれない。剣一郎は常にどこでも、青痣与力から離れられなかった。

だが、徳二郎は違う。青痣与力から解放してくれるのだ。

今、ここにいるのは青柳剣一郎ではない。ただ、一と呼ばれる男なのだ。その心地よさが心を充たしている。

「徳さんこそ、なんだか顔色がよくない。気をつけてくれよ」

「ああ。さあ、いこう」

徳二郎が徳利を持った。

徳二郎とはじめて会ったのはひと月ほど前のことだ。

その夜、剣一郎は上司たちの集まりに呼ばれ、一石橋《いっこく》の近くにある料理屋に行った。集まれば、この場にいない上司や同僚の悪口、はてはお奉行のことにまで話が及ぶ。

そして、最後は芸者を揚げて大騒ぎとなる。

最近、そういう酒がおいしくなくなってきていた。

いや、酒が不味《まず》くなったということは、与力という仕事に対して行き詰まりを感じているのか。いや行き詰まりというほど深刻なものでなく、最近ふとしたときに、虚《むな》しさを感じることがあるのだ。

それで、その夜、ひとり抜けて外に出たものの、まだ宵《よい》の口だし、酒も呑み足りない。

そう思いながら、あてもなく歩いていて、いつしか伊勢町河岸に来ていて、ふと軒行灯がぽつんと忘れられたように灯っている縄暖簾の居酒屋が目に入ったのだ。

剣一郎は虫が明かりに吸いよせられるようになかへ入った。四人掛けの飯台が四つに、小上がりがあった。

年寄りの板前と小僧がいるだけの店だ。

とば口に近い飯台にひとり、座敷に一組の客がいた。

剣一郎は飯台の奥の樽椅子に座り、やって来た小僧に酒を注文した。

壁に躍ったような字でつまみが書いてある。眺めていると、「お待ちどおさま」と、小僧が徳利と猪口を置いた。

手酌で一口呑み、二口呑むうちに、やっと落ち着いて来た。奉行所の人間と気を遣《つか》いながら呑むより、こういう場所でひとりで呑んでいるほうがどんなに気が楽か。そう思いながら、徳利が残り少なくなったとき、とば口の飯台でひとり呑んでいる男に目がいった。

歳の頃なら三十半ば。職人ふうの男だ。頬がこけて厳しそうな横顔に思えたが、男の酒を呑む姿がなんとも好ましいものに感じられた。

男の周辺にだけ、特別な空気が流れていた。そのまわりに自分だけの世界を持っているように思われた。それは自分の殻に閉じこもっているというわけではなかった。

男には大事なものを守っているのだという気概のようなものが控え目に感じられた。

何がどうだという具体的なものはない。ひょっとしたら、その男がかつて好意を抱いていた人間に似ていたということかもしれない。

そう説明をつけようとしても説明のつかない理由で、剣一郎はその男に惹《ひ》かれたのだ。

剣一郎の不躾《ぶしつけ》な視線に気づいたのか、男が顔を向けた。

その目が横顔から想像したものと違い、なんとも温かいものに感じられた。覚えず、剣一郎は会釈をし、立ち上がっていた。

「もし失礼ではなかったら、ごいっしょしても構わぬか」

初対面の男に、しかも町人にこんな態度を示したのは、初めてだった。

「どうぞ」

男は極めて普通の声で答えた。そこには、驚きも、困惑も、なかった。剣一郎の声は、男にとって開け放たれた戸から入り込んで来る秋風と同じだったのかもしれない。

徳利を持って場所を移り、剣一郎が向かいに座ると、男はずっとさっきから剣一郎が目の前にいたかのように、

「秋は寂《さび》しいもんですが、その寂しさがあっしにはたまりません」

と、呟《つぶや》くように言った。

そうか、この男は、秋を味わいながら呑んでいるのかと、妙に感心した。

「その寂しさの味を私が壊してしまわぬか」

剣一郎は無意識のうちに、そうきいていた。

「いえ、秋の寂しさとはいいもんだと言い合える友と呑むのもよいもんです」

友という言葉を自然に使った。

痩せて、頬のこけた顔からは想像もつかない温かみが伝わって来る。それは、剣一郎にとって、たまらなく好ましいものだった。

剣一郎が男に酒を注《つ》ぎ、男も剣一郎の猪口に酒を注いだ。

「あっしはお見かけのように無愛想な男ですから気にしないでください」

何度かさしつさされつしたが、その間、あまり言葉は交わさなかった。それでも、よかった。男が目の前にいるだけで安心感があった。

ときたま男はぽつりとものを言った。たいしたことではない。この肴《さかな》はうまい、とか、酒の温《ぬく》みがちょうどいいとか。

剣一郎は酒を追加した。酒がこのようにうまいものだとはじめて思い、酒の味が呑む相手によってこんなにも違うものかと改めて悟ったのだ。

いくらか酔って、剣一郎は男といっしょに店を出た。男とは橋の手前で別れた。

剣一郎は橋を渡って八丁堀まで帰った。

翌日の夜、またもあの男に会いたくなった。男が好きな女に夢中になるように、剣一郎はあの男に会いたくなったのだ。

多恵や剣之助、るいの不審そうな顔を背中に残して、剣一郎は着流しで出かけた。

だが、その居酒屋がどこだかわからず、さんざん探し回ってやっと探し当てた。

昨夜と同じ場所に、その男がいた。いかにもゆったりとした雰囲気だ。何からも解放されて自由でいるようなゆとりが感じられた。

剣一郎が腰を下ろすと、男はやさしい眼差しで、

「よかった」

と、微笑《ほほえ》んだ。

「何が、よかったのかな」

「いえ。もう、きょうはあなたに会えないのかと思っていましたから」

「待っててくれたのか」

「ええ」

男は少しはにかむような表情をした。

いくらか酒が入ってから、剣一郎は名乗った。

「私は青柳剣一郎と申す」

「あっしは徳二郎です。徳と呼んでください」

「じゃあ、私のことは剣と呼んで……、いや剣はよくないな」

「一さん。一さんでいいですか」

徳二郎が言った。

それから、ひと月近く経った。未だに、徳二郎がどこに住んでいて、何をしているのかも知らない。

はじめて会ったときのことを思い出し、剣一郎はつい顔を綻《ほころ》ばせていたらしい。徳二郎が笑いながら、

「何かいいことでもあったんですかえ」

と、きいた。

「ああ、あったんだ」

剣一郎は笑みを浮かべながら、

「得難い友が出来たことさ」

と、徳二郎の目を見つめた。

きょとんとした顔をしていたが、急に徳二郎ははにかんで、

「それは、あっしの台詞《せりふ》ですよ」

と、小さな声で言った。

「不思議なものだ。考えてみれば、一さんとはまだ知り合ってからひと月です。それなのに、ずいぶん古くからの付き合いのような気がしている」

「俺もだ」

　徳二郎といっしょにいると、仲秋の夜のひんやりとした風も心地よく感じられた。そう、徳二郎といっしょにいると、春の日溜《ひだ》まりにいるようなのだ。

「徳さんは、釣りはやらないのかね」

「たまにやるけど、一さんはやるのか」

「たまにだ」

「じゃあ、今度は釣りに行くのも悪くないか。一さんと日がな一日、釣り糸を垂《た》らしているのも楽しそうだな」

「いいね。近くだと、鉄砲洲《てっぽうず》か佃島《つくだじま》か。少し、足を伸ばし、木場《きば》辺りに行くのも悪くないな」

　徳二郎と並んで、釣り糸を垂れている光景を目に浮かべた。

「一さん。ぜひ、行こう」

　徳二郎がせがむように言った。

「ああ、約束だ」

　徳二郎の酌を受けながら、剣一郎は弾む声で答えた。

「さあ、そろそろ引き上げますか」

　五つ半（九時）になると、徳二郎は決まって言う。だらだら長引かないことも、徳二郎のいい点だった。

「うん。そうしよう」

剣一郎も頷《うなず》いた。

勘定は割り勘だ。おごったり、おごられたりの間柄では窮屈になる。

「毎度」

小僧の声に見送られて、ふたりは外に出た。

はじめて会った頃は、鈴虫やコオロギの鳴き声が聞こえていたが、今は草木をそよがせる夜風の音だけだった。

「じゃあ、一さん、また」

江戸橋の手前で、徳二郎が立ち止まった。

「ああ、徳さんも気をつけてな」

「あっ、そうだ。明日は野暮《やぼ》用があって来れないんだ」

「そうか。それは残念だ。じゃあ、明後日にまた」

剣一郎が応じると、徳二郎は笑って頷いた。

真《ま》っ直《す》ぐ進めば日本橋川に架かる江戸橋、左に行けば日本橋川から分かれた堀に架かる荒布《あらめ》橋に向かう。

少し名残惜《なごりお》しそうに、徳二郎はその場に立っていたが、踏ん切りをつけたように、荒布橋に向かった。

剣一郎は江戸橋を渡り、楓《もみじ》川沿いを夜風に当たりながらゆっくり歩く。そして、海賊《かいぞく》橋に差しかかったとき、反対方向からやって来る影を見た。

着流しに羽織の同心が、供の者とやって来る。

「京之進《きょうのしん》ではないか」

剣一郎は声をかけた。

「青柳さま」

定町廻り同心の植村《うえむら》京之進だった。

定町廻り同心は南北それぞれ六名で合わせて十二名。この十二名がそれぞれの受け持ち区域を持っていて江戸府内を巡回している。それぞれの同心は岡っ引きや下っ引きを抱えている。

たいがいの同心は与力に付属しているのであるが、この定町廻り同心は与力の支配下にはなく、奉行直属であり、同心だけの掛かりである。

しかし、そういう掛かりとは別に、与力、同心は五つの組に分けられている。町奉行所の配下には南北にそれぞれ与力二十五騎、同心百二十人ずつがいるが、皆いずれかの組に属しているのだ。

剣一郎と植村京之進は三番組に属している。したがって定町廻り同心という掛かりに対しては役儀は違うが、ふたりは同じ組の上司と部下という関係にあった。

「遅くまでご苦労だった。例の探索か」

「はい。残念ながら、いまだに手掛かりが摑《つか》めませぬ」

京之進は悔しそうに言った。

七福神の面をつけた押し込みが、半年ほど前から出没している。

だいたい、ひと月半に一度の間隔で、商家の屋敷に忍び入り、主人夫婦を土蔵に押し込めて、数百両を盗みとって行く。

今年の一月半ば、仙台《せんだい》堀河岸にある海産物問屋『伊豆屋《いず》』に七人組の盗賊が入って五百両を盗んでいったのが始まりで、以降、日本橋の呉服問屋、蔵前《くらまえ》の札差、相生《あいおい》町一丁目の古着屋、そして先月の七月十八日に神田佐久間《かんださくま》町にある質屋『高砂屋』が襲われたのだ。

ふたりで並んで八丁堀の組屋敷に入って来た。

「たいへんだろうが、しっかりやってくれ」

屋敷の近くで、剣一郎は京之進と別れた。

犯人の探索は定町廻り同心の役目であるので、剣一郎は植村京之進を見守るしか術《すべ》はなかった。

屋敷に帰ると、多恵は正装のまま起きて待っていた。いくら遅く帰ってこようが、多恵は化粧を落とさず、正装のまま待っているのだ。

「いかがでございましたか」

徳二郎とのことをきいているのだ。

「うむ。いつか、いっしょに釣りに行こうと約束した」

徳二郎との語らいを思い出し、剣一郎は覚えず笑みを漏らした。

「あの男は、俺のことを何と呼ぶと思う？」

「さあ」

「一さんだ。剣ではなく、一だ」

多恵の前でも、徳二郎の話題を出す。

「うらやましゅうございますわ」

心底うらやましげに、多恵が言った。

「おそらく、青痣与力ではなく、ただの一さんになれる唯一のお相手なのでしょうね」

剣一郎は驚いた目で多恵を見つめた。

「そなた、男の気持ちがわかるのか」

「わかるような気がするだけでございます。でも、会っていて楽しいのが一番です」

多恵は丸髷《まるまげ》に結い、化粧をして眉《まゆ》を剃《そ》り、歯を染めている。与力の奥方としての威厳が滲んでいる。

「そうだ、そういうことだ。徳さんは何というか……」

くどくなっているようだ。俺は今夜も酔ったようだと、剣一郎は苦笑した。

三

その頃、徳二郎は堀江《ほりえ》町四丁目の長屋に帰ると、すぐに奥の部屋に行った。

「すまねえな。待ちくたびれたか」

病で臥《ふ》せっている妻のおさよの枕元に腰を下ろした。枕元の有明行灯の仄かな明かりが、おさよの白い顔を浮かび上がらせていた。

「一さんと呑んでいたんだ。いつか、おめえに会わせるよ。俺は、あのひととといっしょにいると、とても気持ちが安らぐんだ。わかってくれるかえ。不思議なもんだぜ。この歳になって、俺に友達が出来るなんてな」

剣一郎と知り合ってから、呑んで帰ると、必ずおさよに剣一郎の話をして聞かせた。

「今度、釣りに行こうって約束したんだ」

徳二郎はおさよの手を握って、

「あんまり、俺ばかり喋《しゃべ》っていちゃいけねえな。そろそろ寝るとするか」

おさよは三十歳になったばかりだが、五年ほど前、急に頭が痛いといって台所で倒れた。すぐに、近くの医者を呼びに行ったが、なかなか来てもらえず、やっとのことで来てもらうと、さっと診《み》ただけで、もう手遅れだと言われた。その上、ばか高い往診料を請求された。

徳二郎は納得がいかず、他の医者に診てもらおうとすると、近所のひとが、康安《こうあん》先生のことを教えてくれたのだ。

康安先生は飛んで来てくれた。半月近く、毎日通って来て、懸命に治療をしてくれた。そして、意識が戻ったのだ。だが、脊髄《せきずい》もやられたらしく、起き上がることは出来なかった。倒れた直後にすぐに康安先生に来てもらっていたら、おさよは寝たきりにならずに済んだかもしれない。そう思うと、悔しいが、それでも、生きていてくれただけでも、有り難かった。

徳二郎はおさよの隣にふとんを敷き、横になった。

「おさよ、もう眠ったか」

徳二郎は天井《てんじょう》を見つめたまま呼びかけた。

返事はない。

徳二郎もいつしか眠りに入って行った。

翌日、徳二郎は朝から注文の品に彫を入れていた。

徳二郎は居職《いじょく》の彫金師だった。長屋の自分の家に小机を置き、そこで小槌《こづち》や鑿《のみ》などの道具で、金、銀、鉄などの生地に、花柄や動物の彫を入れている。徳二郎の彫物は、図柄が新鮮なだけでなく、その繊細さで、かなり評判を呼んでいた。

親方のところからの下請けの仕事と、徳二郎のところにじかにくる仕事がある。今、手がけているのは、本町二丁目の瀬戸物商『赤城屋《あかぎ》』の主人からの注文だった。嫁ぐ娘への祝いの贈物だという。

昼前に、路地に賑《にぎ》やかな声がしていた。その声がだんだん近づいて来て、この家の前で止まった。やがて、徳二郎さんという声と共に、戸が開いた。

「あっ、康安先生」

康安は四十前で、眼光は鋭く、厚い唇がいかにも偏屈《へんくつ》そうに見えるが、根はやさしい人間だった。

「この近くに往診があったので寄ってみた。おさよさんの様子はどうだね」

康安は気さくに声をかけてきた。

「へい。きょうは顔色もよいようで」

「そうか。では、ちょっと」

「いつもすいません」

康安は部屋に上がり、おさよの寝ている場所に向かった。

「おさよ。康安先生が来てくだすった」

「どうかね、おさよさん」

康安はおさよの顔を覗《のぞ》き込み、頬に手を当て、それから、脈を診た。

「うむ。だいじょうぶだ」

康安はおさよの手首をふとんに戻した。

「薬はどうだね」

「それが、もう切れかかってるんです。きょうあたりもらいに行こうかと思っておりました」

「じゃあ、あとで取りに来なさい」

「はい。ありがとうございます」

「じゃあ」

「先生、今、お茶を」

「いや、患者さんが待っているといけないのでね」

「さいですか」

「おさよさん。また、来ますよ」

康安はおさよに声をかけて部屋を出て行った。

午後。徳二郎は七つ（四時）の鐘《かね》を聞くと、仕事を中断し、鑿を横に置いて立ち上がった。

徳二郎は次の部屋の坪庭に面した部屋に行き、

「康安先生のところへ行って、薬をもらってくるからな」

と、おさよに言った。

きょうは朝から風が強く、今も通りは埃《ほこり》が舞っている。

康安の医院は小網《こあみ》町二丁目で、思案《しあん》橋を渡ってすぐのところにあり、鎧《よろい》の渡し場の手前の横丁を入った、空き地の隣にあった。

康安の評判を聞いて、遠方から患者がやって来る。もっとも、腕の評判だけでやって来るのではなかった。もう一つ、患者がやって来る大きな理由があった。

それは康安は貧乏人からは金をとらないことだ。

おさよが倒れたあと、半月近くも往診を続けてくれて、高価な薬も投与してくれたのだが、康安は金はあるときでいいとまったく催促はしなかった。

庶民のための医院としては、幕府がやっている小石川《こいしかわ》養生所があるが、この近辺のひとは皆こちらのほうを選ぶようだ。

玄関を入って行くと、八畳の部屋に大勢の患者が診察を待っている。康安の他に、三人の若い医師がいる。皆、康安を慕《した》ってやって来た見習いだ。

「すいません。お薬をもらいにきました」

徳二郎が声をかけると、康安のおかみさんが薬の調合をしてくれるようだ。

「おさよさん、きょうもお元気だそうですね」

「はい。おかげさまで。きょうも顔色はよいようです」

「よかった」

おかみさんは微笑んだ。康安は、患者の様子はおかみさんや見習い医師にも伝えているのだ。

おかみさんは、薬箱から各種の草根木皮などを銀の匙《さじ》で少しずつ取り出して調合していった。

康安は、蘭方医だが、漢方の勉強もしており、両方の知識で治療に当たっていた。

調合を待っていると、康安の声が聞こえて来た。診察している部屋は、ここからは見ることは出来ない。

「おい、ばあさん。こんなになるまで放っておいちゃだめじゃないか」

「でも、お金がなかったもので」

「金なんか、元気になって考えればよい」

康安が患者を叱《しか》っていた。

薬が仕上がって、徳二郎が玄関を出ようとしたとき、ちょうど羽織姿のでっぷりした男と出くわした。

「あっ、旦那」

永代《えいたい》橋を渡った、河口に近いところの、熊井《くまい》町に住んでいる市兵衛《いちべえ》だった。

康安の有力な援助者であった。自身も、金を援助しているが、富裕な商家に寄附の願いをしてまわっている。深川辺りに家作を幾つか持っていると、康安には話しているらしい。

「徳二郎さん。ちょうどよいところに出合った。約束の品物、だいじょうぶですか」

「はい。もう、仕上がっておりますので、いつでも」

「それでは、きょうの夜五つ（八時）に」

「はい。お伺《うかが》いします」

「じゃあ、頼みましたよ」

頭を下げ、徳二郎は表に出た。

風が埃を舞い上げた。前から来た女が手をかざして俯《うつむ》いて埃を避けた。徳二郎の目に、女の紅《あか》い櫛《くし》が目に入った。

徳二郎はおさよの櫛の歯が欠けていたのを思い出した。歯の欠けた櫛は縁起が悪いと、足の向きを変え、荒布橋を渡り、魚河岸の賑わいを横目に、室町《むろまち》までやって来た。

高級な小間物を売っている店がある。徳二郎は暖簾をくぐって入って行った。

広い土間に入り、近づいて来た手代に、

「櫛を見せて欲しい」

と、言った。

手代は、徳二郎を座敷の上がり框《かまち》に招じ、すぐに櫛の納まった箱を運んで来た。鼈甲《べっこう》細工の櫛に蒔絵《まきえ》が施されていて、おさよが喜びそうだと思ったが、ちょっと値が張る。だが、おさよに似合いそうだった。

「これが気に入ったんだが、今、持ち合わせがない。あと四、五日以内には、また寄せてもらいます」

大きな仕事が控えている。その仕事が済めば、この櫛を買えるだけの金が入る。そしたら、買おうと、徳二郎は決めた。

店を出ようとしたとき、暖簾の隙間《すきま》から、一瞬、見知った侍の横顔が見えた。着流しに巻羽織で、槍《やり》持ひとり、草履《ぞうり》取りひとり挟《はさみ》箱《ばこ》持ひとり、若党ひとり、それに同心がふたりついていた。

「一さん」

徳二郎は呟いた。

はじめて剣一郎から声をかけられたとき、頬の青痣から、青痣与力と異名をとる青柳剣一郎であることはすぐにわかった。

だが、剣一郎はそんな雰囲気をまったく感じさせなかった。

巡回の一行が行き過ぎてから、徳二郎は土間を出た。

人通りの多い往来の中に、一行の姿は見え隠れしていたが、やがて横丁を曲がってしまった。

「一さん。立派なものじゃねえか」

徳二郎はなんだかうれしくなった。乞食《こじき》だろうが、なんであろうが、友は友だ。だが、その友が立派な仕事をしている姿を見るのはうれしいことだった。

剣一郎は風烈廻り与力として、きょうのように風の強い日には火災の予防や火付けなどの不逞《ふてい》の輩《やから》の暴挙などに警戒をしてまわっているのだ。

今の与力の顔と、自分の前にいるときの顔はまったくの別人のようだった。それが何となく好ましく思えた。

まあ、一さんが与力だろうが何であろうが、俺には関係ねえ。徳二郎はそう呟きながら、帰路についた。

四

その日の夕方、剣一郎は巡回を終えて、奉行所に戻って来た。

内与力の長谷川四郎兵衛《はせがわしろべえ》の怒鳴り声が聞こえた。若い与力を叱っていた。どうやら、長谷川四郎兵衛の八つ当たりのようだ。

やはり、七福神の押し込みのことで、気が立っているのだろう。

七福神の盗賊のことで、奉行所内は神経が張りつめたようになっている。被害に遭《あ》ったのは大きな商家で、だいたいそういうところは奉行所に付け届けをしている。

奉公人が事件を起こすか、巻き込まれた場合に、事を穏便《おんびん》に済ましてもらおうとしているのだ。

長谷川四郎兵衛にしてみれば、付け届けをもらっている手前、早く盗賊を捕まえなければ顔が立たないこともあるのか、最近はとみに機嫌が悪い。

先月、五度目の押し込みがあったあと、

「よいか、今度もまんまと盗みを成功されたら、腹を切る覚悟でいなさい」

と、怒鳴り散らした。

定町廻り同心だけでなく、責任は上役である与力にも及ぶと、四郎兵衛は息巻いていたのだ。

剣一郎が部屋に落ち着くと、すぐに若い与力がやって来た。年番方の宇野清左衛門《うのせいざえもん》が呼んでいると言う。

剣一郎は年番方与力の詰所に向かった。

「お呼びでございましょうか」

剣一郎は部屋の前で声をかけた。

「うむ。ここへ」

宇野清左衛門は不機嫌そうな顔で言う。いつもこういう顔つきなので、実際に不機嫌なのかどうかはわからない。

剣一郎が傍に控えると、

「七福神の探索はだいぶ行き詰まっているようだ。お奉行のほうからそなたに、手を貸すようにとの話があった」

「長谷川さまからはそのようなことは聞いておりませんが」

「あの御仁《ごじん》は、じかにそなたに頼むのが面白くなかったのであろう」

事件が起こった場合の捕り物は、定町廻り同心、臨時廻り同心が行うもので、犯人の捕縛は同心しか出来ないのである。

定町廻り同心、臨時廻り同心は奉行直結で、与力の支配を受けない掛かりであった。だが、奉行は、これまでの剣一郎の凶悪事件に対する働き振りを知っているので、応援につけようとしているのだ。

剣一郎は、自分が聞いている事件のあらましを思い出してみた。

最初に押し入られたのが仙台堀河岸にある海産物問屋『伊豆屋』だった。

一月十五日の夜のことだった。翌日十六日は藪入《やぶい》りで、江戸に実家のある丁稚《でっち》小僧は家に帰るが、五人いる地方出身の小僧は芝居見物に連れて行くことになっていた。

そのために早々と、店を閉めて床についたのだが、その寝入りばなに賊が侵入した。賊はまっすぐ主人夫婦の寝間に押し入り、『伊豆屋』の主人と内儀に素早く猿ぐつわをし、手足を縛り上げた。

それから、内儀に七首をつきつけ、主人に土蔵の鍵をとりにいかせ、土蔵から五百両だけ奪って逃亡したという。

当夜は満月の日だったが、朝から厚い雲に覆われていて、月のない夜だった。

最後に押し入られたのは先月。神田佐久間町にある『高砂屋』という質屋だった。屋敷への侵入は、ひとりが塀を乗り越え、裏口の錠《じょう》を外して仲間を引き入れたと思われる。

首領格の男は大黒天の面をかぶった男のようだ。口をきくのはこの男だけで、他の者は一切喋らない。

「お奉行が恐れているのは、江戸の市民が七福神に喝采《かっさい》を送り始めていることだ。義賊だと囃《はや》し始めもしている」

宇野清左衛門が厳しい顔で言う。

「義賊ですか」

確かに、そのような印象を持つかもしれない。

まず、盗む額は限られている。

海産物問屋『伊豆屋』の土蔵には千両箱がいくつかあったが、盗んだのは五百両だけ。質屋『高砂屋』でも同じだ。

他にも蔵前の札差と相生町の古着屋からも五百両を盗んだが、呉服問屋からは三百両。そこに、この一味の特徴があった。つまり、押し入った商家に打撃になるような金は奪わないということだ。

さらに、この一味は家人に乱暴を働いていない。手足を縛り、猿ぐつわをしているが、怪我《けが》をさせたことはない。

もう一つの大きな特徴が、被害に遭った商家は強引な商法や、主人の傲岸不遜《ごうがんふそん》な態度でも顰蹙《ひんしゆく》を買っている店ばかりだということ。

こういったことから、江戸庶民がこの七福神を義賊のように讃《たた》え始めている。そのことが奉行所にとっては大問題であった。

賊はそのことを狙《ねら》って、七福神の面をつけるのかもしれない。

七という数字は古来から縁起のよい数字とされており、これに、寿命、徳、人望、清廉、愛敬、威光、大量、すなわち心の広いことなど、人生の願うべき理想の徳を当てはめたものを七福神に代表させたものだ。

それぞれ、寿老人、大黒天、福禄寿、恵比寿、弁財天、毘沙門天、布袋尊を当てている。七福神は七つの災いを除き、七つの幸せを与えてくれるという。

決してひとには危害を加えない。このように、残忍さがなく、大金とはいえ、盗む金は被害に遭った商家にとっては致命的な金額でもなく、その上、七福神の扮装というのが被害者にある心理的な効果を生み出していた。

ある意味では、七福神が舞い込んで来たという縁起のよいとらえ方をしており、普通の押し込み事件の被害者のような深刻さがなかった。

そういうこともあって、瓦版《かわらばん》では、七福神一味のことを義賊とまで呼びはじめたらしい。このことは、探索の微妙な障害になりかねない。

「これ以上、七福神をのさばらせてしまったら、英雄にしてしまいかねない。そうなると、ますます七福神を捕まえづらくなる。いや、捕まえたとしても、庶民は奉行所を恨《うら》むようになるだろう。このままでは、奉行所の威信にも関わり、ひいてはお奉行への不信へとつながりかねない。心して、事に当たって欲しい」

もちろん捜査は定町廻り同心が行うのであり、お奉行が剣一郎に期待しているのは智恵を貸すことだ。

「承知いたしました。ただし」

と、剣一郎は付け加えた。

「探索はあくまでも定町廻り同心の役目。ですから、私は植村京之進に協力をするということで、事件に関わりたいと思います」

自分が捜査の指示をするということは、同心たちの体面も考えて遠慮したいと言った。

上役であろうが、たとえ奉行であろうが、道理に合わないことには敢然と立ち向かう青痣与力の剣一郎には、若い同心たちは畏敬《いけい》の念を持って接してくれる。それだけに、剣一郎が指揮をとることは、古参の同心たちの誇りを傷つけないとも限らない。

「わかった。そのことは、私から長谷川どのに話しておこう」

「お願いいたします」

宇野清左衛門は不機嫌そうな顔そのままで、何か言いたそうに唇を動かした。

「なにか」

「いや。じつは長谷川どのはそなたの失敗を見込んでいるのかもしれない」

「はっ?」

「万が一、事件が解決出来なかった場合、そなたに責任を押しつけようとする魂胆かもしれぬのだ」

長谷川四郎兵衛なら、そう考えてもおかしくないと、剣一郎は思った。

年番方詰所を辞去してから、剣一郎は玄関を出て、表門の門番所に並んでいる同心詰所に向かった。

植村京之進を探すと、ちょうど外廻りから戻って来たばかりらしく、茶を飲んでいた。

「青柳さま」

京之進が立って、剣一郎を迎えた。

「力を貸すようにとのお奉行の言いつけだ。迷惑だろうが、よろしく頼む」

「いえ、青柳さまのお力をお借り出来るのなら大歓迎でございます」

青痣与力として敬意を払ってくれる若い同心の中でも、京之進が最も剣一郎に執心《しゅうしん》していた。

「では、これまでの探索でわかったことを教えてもらおうか」

「畏《かしこ》まりました」

そう言って、京之進は顔を上げたが、さして摑んでいる情報はなかった。

「岡っ引きなどを総動員して、吉原《よしわら》や深川《ふかがわ》などで、最近になって羽振りのよくなった者を何人か調べてみましたが、親の金を使い込んだり、博打で大儲《おおもう》けをしたり、そういう者ばかりでした」

その探索によって、店の金を使い込んだ手代を捕まえたが、それは余禄であった。

「黒装束に身を包んだ賊の体つきについても、被害者の証言にはだいぶ食い違いがあります。恐怖心からか、記憶が混乱しているようです」

「手掛かりはほとんどないというわけか」

「はい。残念ながら」

京之進は無念そうに唇を嚙《か》みしめた。

「被害に遭った商家はどこも、強引な商法などで世間から非難を浴びているそうだが、他にもそういった商家はあるのか」

「それが、まことに数が多くて」

それなりに大きな商売をやっているところは、反感を買うこともありそうだ。それは、やっかみもあるのかもしれない。

「次に七福神が狙う商家を予測することは難しいということだな」

「はい。それでも、いちおうは世間で顰蹙《ひんしゅく》を買っている商家については、巡回のおりに注意を払って、様子を窺《うかが》っております」

「七福神のやり方で、少しひっかかるのは、口をきくのが大黒天の男だけということだ。なぜ、他の者は喋らないのだろうか」

質屋『高砂屋』では、寿老人の男が口をきいたということだが、それは主人が庭でよろけたときだという。

大黒天以外の者が喋ったのは、唯一それだけのようだ。

「明日、被害に遭った店をまわってみよう。忘れていたことを何か思い出すかもしれないからな」

剣一郎はそう言った。

いつもは七つ（四時）頃に数寄屋橋《すきやばし》御門内の南町奉行所を退出するのだが、きょうは京之進との打ち合わせのために遅くなった。

巡回には着流しに巻羽織という姿だが、出勤は継上下《つぎがみしも》、平袴《ひらばかま》に無地で茶の肩衣、白足袋《たび》に草履《ぞうり》を履いている。

槍持、草履取り、挟箱持、若党らの供を従えて、堀沿いを行って比丘尼《びくに》橋を渡り、京橋《きょうばし》川の河岸を伝い、それから楓川に沿って歩く。

そうだ、今夜は徳二郎とは会えないのだと思うと、なんとなく知らない場所に放り出されたような寂しさを覚えた。

ひとたび徳二郎のことに思いが向くと、あのはにかんだような笑顔が脳裏を過《よぎ》った。いったい、あの徳二郎はどういう境遇に生まれ、育ったのだろうか。あのような穏やかな心境に、どうすればなれるのだろうか。

楓川を新場《しんば》橋で渡る。この辺り一帯を八丁堀と総称している。剣一郎の組屋敷は北島《きたじま》町にある。

組屋敷の冠木《かぶき》門に差しかかると、ちょうど医者の良沢《りょうたく》も引き上げてきたところらしく、いっしょになった。与力の与えられた敷地は三百坪で、剣一郎はこの半分を良沢に貸しているのだ。

「これは、青柳さま」

「往診でしたか」

「はい。急患でございましたが、大事はありません」

「お忙しそうですね」

「いえ、最近はそうでもございません」

「ほう、皆さん、体が丈夫になったということですか」

「まあ、どうでございましょうか。では、失礼いたします」

良沢は隣家に向かった。

剣一郎が小砂利を敷いた中を玄関に進むと、式台付きの玄関に多恵と娘のるいが出迎えた。八丁堀以外の旗本では、玄関に妻女が出てくることはない。奥方はまさに奥の役目だけを負っているのであり、玄関への送り迎えは用人がする。

廊下を奥に向かう。すぐ後ろを多恵が裾《すそ》を引いて歩いて来る。清楚《せいそ》で美しいという評判だった頃の姿とまったく変わらないことに、剣一郎は秘かに満足している。

「剣之助はどうした？」

「まだ、帰っておりませぬが」

はて、と剣一郎は小首を傾《かし》げた。

とうに、奉行所を出たはずだ。

「また、時次郎《ときじろう》といっしょだな」

坂本《さかもと》時次郎は剣之助より一年早く見習いに上がった男で、剣之助とは仲がよい。それはよいのだが、この時次郎、まだ十七歳のくせしてかなり悪所に出入りをしているという噂《うわさ》を耳にしたのだ。

「今夜も遅いようなら一言、言わねばならぬな」

「はい」

多恵が含み笑いをした。

ちゃんと言えるでしょうかと、多恵の目が言っていた。

何か言い返そうと思っていると、

「外で、良沢さまとお会いでしたか」

と、多恵がきいた。

「そう。最近はそれほど忙しくはないようだな。まあ、医者と坊主は暇《ひま》なほうがいいが」

「康安という医者のことを聞いたことはございませんか」

「康安？　いや、知らない。流行《はや》り医者の村井《むらい》道拓《どうたく》なら、よく町で見かけるが」

金持ちしか相手にしない医者だ。黒い振り袖を着た駕籠《かご》かきの担ぐ御免駕籠に乗り、薬籠を持った供を連れて往診に行くところに何度か出会ったことがある。

「その康安という医者がどうかしたのか」

「小網町で開業しているそうですが、とても腕がいいという評判なのです。そればかりか、貧しい者からは金をとらないそうです」

「金をとらない？　それでは医者自身の生活がやっていけないではないか」

貧しい者のための施療所として、幕府は小石川養生所を作った。費用は勘定奉行のほうから賄《まかな》われているが、その監督のために町奉行所から与力と同心が詰めている。

「後援者がいるそうです」

「ほう、後援者か」

「なんでも、命を救ってもらったり、病気を治してもらったりした富裕の商人たちが、感謝の意味もあって、寄附をしているそうです」

「後援者とはずいぶん奇特なひともいるな」

剣一郎は感心したが、それは、その奇特な人物に対してと同時に、そういう情報を手に入れる多恵に対してでもあった。

与力の役宅には、日に十人以上の者がやって来る。皆、頼み事でやって来るのだが、そういう客の相手をするのが与力の妻の役目でもある。

そういう客がもちろん手ぶらでは来ない。手土産《みやげ》か包み金を持ってくるのだから、与力の家はだいぶ余禄がある。

それは剣一郎への頼み事なのだが、それとは別に、多恵を目当てに、相談事にやって来る人間もいる。主に貧しいひとたちで、庭でとれた野菜だとか、自分で漬けた新香などを手土産に持って来てくれる。だが、それ以上に、そういうひとたちはいろいろな情報を持って来てくれるのだ。

どこぞの誰の娘が離縁になったとか、どこぞの長屋に変わった人物が引っ越して来たとか、あそこに出ている易者の占いはよく当たるとか。

「世の中、捨てたものではありませんね」

多恵は感慨深げに言う。

「それで、良沢先生は渋い顔をしていたというわけか」

剣一郎はさっきの良沢の顔を思い出した。

「でも、良沢先生だっていい先生ですよ。誰もかれもが康安先生のところに行ってしまわれたら、康安先生のところは患者さんであふれて満足な診察も受けられなくなってしまいますから」

「そういうことだな」

ふと胸に温かいものがわき上がってきたのを感じた。世の中、捨てたものではない。確かに、多恵の言うとおりだった。

剣之助抜きの夕飯をとり、四つ（十時）の鐘が鳴り、それから、さらに半刻（一時間）ほど過ぎたのに、まだ剣之助は戻ってこなかった。

剣一郎は厠《かわや》の帰りに、しばらく廊下に佇《たたず》んでいた。が、寒くなってきて、寝間に戻ろうとしたとき、若党の勘助《かんすけ》がやって来た。

「旦那さま」

剣一郎が振り返ると、

「台所で」

と、勘助が小声で囁《ささや》いた。たぶんに多恵の耳を意識したものだ。

剣一郎が台所に行くと、水瓶《みずがめ》の傍で、剣之助が杓《ひしやく》を持ったまま倒れていた。

「おい、しっかりしろ」

剣一郎は抱き起こす。酒臭かった。襟元《えりもと》が吐瀉《としや》物で汚れていた。

「ああ、父上。天井がぐるぐるまわってる」

「しょうのない奴だ」

無理に立たせ、勘助とふたりで寝間に連れて行った。

剣之助をふとんに寝かせ、部屋を出ようとしたとき、剣之助が何か言った。振り返ると、寝ながらむにゃむにゃ言っている。

「およし……」

剣之助が寝言で女の名を口にした。

娼妓《しようぎ》の名だろうか。深川《ふかがわ》辺りの岡場所へでも行ったのか。

多恵がやって来ないのは、男同士に任せようとしているのだろう。

翌日、剣之助はこめかみに人差し指を当てながら起きてきた。

「おはようございます」

多恵がすまして、剣之助を見た。

「おはようございます。母上」

剣之助は顔をしかめて挨拶《あいさつ》をする。二日酔いで、頭が痛いのであろう。

朝餉《あさげ》をとる間、剣之助は小さくなっていた。青い顔をしている。食も進まない。それでも、無理をしてご飯を口にほおばっては、吐きそうになっていた。

そんな剣之助を、るいが訝《いぶか》しげに見ていた。

剣一郎はあえてきのうのことには触れなかった。いずれ、折りを見て。剣一郎はそう考えたのだが、じつのところ、どうやって切り出そうか、まだいい考えが浮かんでいなかったのだ。

男だし、悪所で遊んで来て、たまには羽目を外してもいい。剣一郎だって、剣之助の年頃には深川仲町《なかまち》に遊びに行った覚えがある。

だから、そのことはいい。酔っぱらって正体をなくしたのも、自分の酒の限界を知る意味でも悪くはない。

剣一郎が気にしているのは、寝言で口にした女の名だ。およしというのは娼妓か。別に、娼妓でも構わないが、じつは剣之助を男にしてもらうのは芸者のまつの妹芸者小吉《こきち》に頼むつもりでいたのだ。

男にとっての最初の女は、あの芸者がいいと、剣一郎は自分ひとりで決めていたのだ。

朝餉を取り終えると、剣之助はそそくさと食膳の前から離れ、部屋に戻って行った。

剣一郎は多恵と顔を見合わせて苦笑するしかなかった。

五

空は青く澄み、赤とんぼが群れ飛んでいた。

徳二郎は注文の品を持って、本町二丁目にある瀬戸物商『赤城屋』を訪れた。

客間に通されて、赤城屋の主人夫婦の前で、仕上げた簪《かんざし》を見せた。

銀製平打《ひらうち》簪で、その名の通り、形が薄く平たい。菱形《ひしがた》の輪郭に透かし彫り、さら毛彫りで萩《はぎ》の文様に、娘の名と婿になる男の名の一文字が彫ってある。

「おお、見事なものだ」

赤城屋の主人が満足げな声を上げ、内儀も目を細めて簪を眺めた。

「娘へのよい贈物になります。徳さん、ありがとうございました」

「いえ、あっしもよい仕事をさせてもらって感謝しております。それから、これは、あっしからお嬢さんへのお祝いです。どうぞ、お受け取りくださいまし」

そう言って、徳二郎は扇形の飾りのついた簪を差し出した。

「また、これも見事な。徳さん、こんな立派なものを頂いちゃ申し訳ない」

「そうですよ。徳さん」

内儀も、すまなさそうに言う。

「いえ。赤城屋さんにはいつもご贔屓《ひいき》いただいているお礼の意味もございます。それに、じつは、この簪は……」

徳二郎は言葉を切ってから、

「この簪は、女房が元気になったときに挿《さ》してもらおうと、丹精を込めて仕上げたものでございます。ご承知のように、女房はもうこの簪を挿すことは叶わないでしょう。せめて、お嬢さんの晴れの門出にご持参していただけたら、かえって女房も喜ぶと思います」

「でも、いつか、おさよさんだって……」

内儀は途中で語尾を濁した。

「じつは、この簪を差し上げることは、おさよにも話しました。どうか、お嬢さんにはおさよのぶんも元気で長生きしてもらいたい。そんな気持ちを込めてのお祝いでございます。どうぞ、お納めください」

「ありがとう、徳さん。遠慮なく、頂きますよ。娘も大喜びするでしょう」

主人は感激したように言う。

「喜んでいただけたら、うれしい限りです。それでは、あっしはこれで」

「あっ、徳さん。なんですね、もう帰るんですか。今、支度をさせますから、少し休んで行ってくださらんか」

主人が情の籠もった目を向けた。

「ありがとう存じます。でも、おさよが待っておりますので」

がっかりしたように、主人はため息をついたが、

「そうですか。おまえさんの女房孝行にはほんとうに頭が下がりますよ。それじゃ、無理にはお引き止めいたしません。その代わり」

赤城屋は内儀に目配せをすると、内儀は急いで立ち上がって、いったん奥に行き、やがて風呂敷包を持ってきた。

「これは？」

内儀が広げたものを見て、徳二郎は目を見張った。小紋の袷《あわせ》だ。

「おさよさんのことばかりで、徳さんは自分のことを構わないじゃないか。まあ、これを着ておくれ」

「あっしのために？」

「私たちは、徳さんの女房孝行には感心しているんです。この前も、娘婿になる男に徳さんの話をしたら、涙を流して感激していました。私たちは徳さんのような方と知り合えて

ほんとうによかったと思っているんですよ」

「ありがたいお言葉で」

徳二郎は頭を垂れた。

俺は女房孝行なんかじゃない。あいつには苦労かけ通しだったのだ。俺と所帯を持ったばかりに、する必要のない苦労を背負い、あげく病気にまでなってしまった。それなのに、俺は……。

風呂敷包を抱え、本町から堀江町に帰る道すがらも、徳二郎はおさよのことを考えていた。

おさよは彫金師の親方の家の女中だった。十人近くいた職人の食事の世話から洗濯までなんでもやってきた。

徳二郎は腕のいい職人だったが、職人にはつきものの酒と博打がやはり徳二郎に災いした。

そのことを心配した親方が所帯を持てば変わるだろうと、徳二郎に気のあったおさよを強引にくっつけたのだ。徳二郎とのことを親方が切り出すと、おさよは頬を赤らめ、涙を流して喜んだという。

徳二郎も、いい女だとは思っていたので、親方に言われるままに所帯を持った。それが徳二郎が二十六歳、おさよが二十二歳のときだった。

近くに家を借り、横山町《よこやま》の親方の工房まで通う生活が始まった。

だが、徳二郎の酒と博打は止《や》まなかった。稼いだ金は博打と酒に消えた。おさよは文句一つ言うでもなかった。当然、暮らしに困る。おさよは昼間は料理屋で仲居をし、夜も内職をして生活を支えたのだ。

親方に呼ばれ、説教されたことがあった。そのとき、親方はこう言った。

「俺はおさよに謝ったんだ。あんな男だと知らずに、おまえといっしょにさせてしまってすまないとな。そのとき、おさよは何と言ったと思うんだ。おさよはな、こう言ったんだ。好きなひとといっしょにいられるんですもの。どんな苦労だって耐えられますって」

それを聞いたときには、さすがに徳二郎も改心したが、それも長続きしなかった。ほとぼりが冷めれば、また酒と博打に明け暮れたのだ。

すべて俺のせいなんだと、徳二郎はやりきれないように立ち止まって、空を見上げた。抜けるような空の青さが徳二郎の目に染み、やがて心にも染み込んで来た。

（おさよ）

覚えず、込み上げてきたものをあわてて振り払い、徳二郎は再び歩き出した。

そして、今夜は剣一郎に会えると思うと、気持ちが弾んできた。

おさよに夕飯を食べさせ、といってもロに流し込んでやるだけだが、それから、おさよ

の体を拭《ふ》いてやり、髪を梳《す》いてやってから、

「じゃあ、一さんと呑んで来る。すまないが、しばらくひとりで待っていておくれ」

と声を掛け、徳二郎は土間に下りた。

戸を開けると、夜気が冷たく感じられた。

隣の家の戸障子を叩《たた》き、軋《きし》む戸を開け、

「すいません。ちょっと出かけてきます」

と、一応断った。

伊勢町河岸にある『山膳』の暖簾を潜《くぐ》ると、きょうはいっぱいの客がいて、いつもの場所は埋まっていた。

板場に近い飯台の一つが空いていたが、剣一郎が来ても座れないので、徳二郎は外で待つことにした。

店の前の川岸に向かう。そこに見事なしだれ柳があり、徳二郎はその横に立った。

暗い川面に月が映っていた。ときたまさざ波に月が歪《ゆが》んだ。忘れられたように小さな舟がもやってある。

ゆうべ、市兵衛の家にいつもの仲間がいつものように集まった。果たして、こういうことがいつまで続くのかわからない。

思いがそのことに向かおうとしたとき、背後で賑やかな声が聞こえた。

振り返ると、『山膳』から職人体の四人が出て来た。

店の小僧に見送られて、四人が引き上げたあと、徳二郎は店に入った。

「今、片づけますから」

子どものくせに、よく気働きのする小僧は、徳二郎がいつも座る飯台の上を片づけはじめた。

徳二郎はいつもの場所に腰を落ち着かせ、いつものように酒を頼んだ。

燗《かん》徳利が運ばれて来て、徳二郎は手酌で呑み始めた。

縄暖簾が揺れて、男が入って来た。剣一郎ではなかった。

「お連れさん、遅いですね」

小僧がませた口ぶりで言って、新しい燗徳利を置いて行った。

引き上げて行く客もいて、新たにやって来る客もいる。徳二郎は静かに呑んでいたが、心の中では剣一郎を待ちわびて、戸口に人影が現れるたびに顔を向け、そのたびに吐息をついた。

小上がりの座敷で呑んでいた男が小僧に声をかけた。

「これは俺じゃないぜえー。でも、つい箸《はし》をつけてしまったあー。これは俺がもらうから、もう一つ作ってやってくれえ」

小僧が間違って小鉢をその男のところに運んでしまったのを、その男が箸をつけてしまったということだが、徳二郎は全身に何かが走り抜けるような衝撃を受けた。

男の声に聞き覚えがあったのだ。俺じゃないぜえー、とか、箸をつけてしまったあー、とか、語尾を伸ばす特徴も、声の質も同じようだ。

まさかとは思うものの、徳二郎は息苦しくなるほど動悸《どうき》がした。

男は三十前後、遊び人ふうだ。ひとりで呑んでいて、連れはいないようだ。

もっと男の声を聞いてみたい。そう思ったが、男はまた黙々と酒を呑み、つまみに箸をつけている。

はじめて見る顔だ。

そのうちに、男が腰を上げた。中肉中背だ。四角い顔で、口のまわりから顎にかけて、いや両の頬まで、濃い髭《ひげ》が生えていた。毛深いたちなのだろう。色は浅黒い。

「いくらだえー」

似ている。やはり、あの男に似ている。かぶりもので覆っているから顔を見たことはない。だが、声はそっくりだ。

徳二郎は迷った。男のあとをつけたい。正体を確かめたいという衝動にかられた。だが、剣一郎がやって来るかもしれない。

勘定を払って男が店を出たとき、無意識のうちに徳二郎も立ち上がっていた。

「ちょっと出て来る。また、戻ってくるから」

小僧に断り、徳二郎は外に出た。

だが、男の姿は、もうそこにはなかった。橋を渡ったのか、それとも、すぐ横丁を曲がったのか、河岸の道に人影すらなかった。

念のために橋を渡ってみたが、見当たらない。徳二郎は諦《あきら》めて、『山膳』に戻った。

そして、小僧にきいた。

「さっきの客は何度か来ているのか」

「いいえ。はじめてのお客さんです」

徳利の酒はすっかりぬるくなっていた。

それを呑もうと思ったが、徳二郎はすぐ猪口から手を離した。

「燗をし直しましょうか」

「いや。もういい。すまない。勘定をしてくれ」

「えっ、お帰りで？　お連れさまは？」

「もし、やって来たら、具合がよくないので先に帰った。明日は必ず来るからと伝えてくれないか」

「わかりました」

小僧は不審顔で頷いた。

徳二郎は外に出た。酔いも醒《さ》め、夜風の寒さが身に染みた。

今は、とうてい剣一郎に顔を合わせられる心境ではなかった。

しばらく行ったとき、前方からあわてて駆けて来る影を見つけた。徳二郎はある予感がして、さっと露地に身を隠した。

案の定、剣一郎が目の前を走り抜けて行った。『山膳』へ急いでいるのだ。

「一さん。きょうは勘弁してくれ」

すぐ通りに飛び出し、徳二郎は裾を摑んで、一目散に走り出した。

六

厚い雲が低く垂れ込め、今にも降り出しそうな空だが、どうにか降らずにいる。だが、どこか寒々とした風景だ。

銀木槿《むくげ》の白い花や秋蘭《しゆうらん》が咲いているが、少し奥には野菊や芒《すすき》までがあり、まるで野原にいるような錯覚がする。

仙台堀河岸にある海産物問屋『伊豆屋』の庭に面した座敷で、剣一郎は伊豆屋夫婦から話を聞いていた。

七福神がはじめて押し込みをした店である。江戸湊《みなと》に停泊した舟から、艀《はしけ》で海産物がどんどん運び込まれている。

主人は目の下のたるんだ、でっぷりした男だった。

「奉公人が戸締りをちゃんとして、最後に番頭が確かめております。賊は塀を乗り越えて忍び込んだのでありましょう。庭まで侵入されたとしても、まさか家の中まで押し入られるとは思いもしませんでした」

気性の荒い奉公人も大勢おり、まさか賊に忍び込まれるとは想像もしていなかったようだ。

「おそらく、賊は屋根に上がり、天井裏から屋内にもぐり込んで、内側から雨戸の桟《さん》を外したのでありましょう」

賊の中に、身の軽い人間がいるということだ。だが、それより、賊は主人夫婦の寝間に真っ直ぐ向かっていることだ。

「刃を突きつけられて、すぐに土蔵の鍵を出したのか」

「お恥ずかしい話ですが、すぐに出しました。と申しますのも、頭領らしき、大黒天の面をつけた男は静かな口調で、命までとろうとはしないし、頂戴するのは五百両だけ。七福神が舞い込んで来たのは運が開ける前兆である。逆らっては、せっかくの運を逃してしまうと言われ、なぜだか魅入られたように鍵を出してしまいました」

「そんな気になってしまったというのか」

「さようでございます。やはり七福神の面のせいかもしれません。恵比寿の顔を見たときには、商売繁盛の神さまですから、へたに逆らわないほうがいいと思ってしまいました」

きのうは、二番目に押し込まれた日本橋の呉服問屋、三番目に入られた蔵前の札差、そして四番目に押し入られた相生町の古着屋のところに赴いたのだが、皆同じようなことを言っていた。

「その他、何か気づいたことはないか」

「いえ。特には」

伊豆屋は首を横に振った。

庶民にとっては大金だが、『伊豆屋』にとっての五百両はそれほどの痛手の額ではないということだろう。このことは『伊豆屋』だけでなく、他も同じだった。かえって、七福神が舞い込んだことに喜んでいる節さえ見受けられた。

『伊豆屋』を辞去し、最後に押し入られた神田佐久間町の質屋『高砂屋』へと、足を北に向けた。両国《りょうごく》橋を渡って行くのだ。

着流しに巻羽織で、剣一郎は若党の勘助だけを供に連れて行動した。

小名木《おなぎ》川を越えたところで、ますます空は暗くなって来た。

「自身番にでも寄って傘を借りてきましょうか」

勘助が声をかけた。

「いや、案外とこのままもつかもしれない。ほれ、西のほうの空は明るい」

秋雨に打たれれば、体が冷えると思ったが、どうにか天気は持ちこたえそうな予感がした。

勘助も素直に頷いた。

ゆうべ、奉行所から帰宅したあと、京之進がやって来たので、出かけるのが遅れてしまった。

伊勢町河岸の『山膳』に駆けつけたとき、すでに徳二郎は引き上げたあとだった。いつもより、早く引き上げたのは、小僧の話だと、具合がよくないからだということだ。

徳さん、だいじょうぶだろうかと、心配になった。

一昨日は徳二郎が都合悪く、昨夜は剣一郎が遅れたために、会うことが出来なかった。何か胸にぽっかりと穴が開いたような虚しさに、きのうはあまりよく眠れなかった。

今も徳二郎のことを考えると落ち着かなくなる。まるで、これでは女に恋をしている若者だと思ったが、剣一郎に苦笑さえ起きなかった。

やがて竪川《たて》を渡って、両国橋に差しかかった。

往来するひとも多く、橋を渡って広小路に出ると、見世物小屋や水茶屋などが並び、たくさんのひとが出ていた。

神田川《かんだ》を渡り、佐久間町に入ると、「質」と書かれた大きな屋根看板が目に入った。大きな土蔵が母屋に接して建っていた。

土間に入り、帳場にいた番頭に声をかけて、主人を呼んでもらった。青痣与力の名は知れ渡っているのか、番頭はすぐに奥に向かった。

「これは、青柳さま。さあ、こちらへ」

大柄な主人が出て来て、剣一郎を客間に誘った。四十半ばか。冷たそうな目をした男だ。

主人の名は長右衛門と言い、以前ここの手代だった男で、先代に気に入られて婿になったと聞いている。

「先月の賊のことについて、話を聞かせてくれ」

剣一郎は切り出した。

「はい。今思い出しても、背筋が凍るような思いがいたします。戸締りは万全にしましたのに、部屋の中にいきなり七福神の面をつけた賊が入って来たのですから」

長右衛門はそのときの恐怖を思い出したかのように、一瞬体を震わせた。が、その仕種とは裏腹に、顔には笑みが浮かんでいた。

「伜の和太郎に刃を突きつけていたので、賊の言いなりになるしかありませんでした」

「蔵の鍵を出すように言ったのは誰だ」

「大黒天の面を被った男です。五百両しかもらわない。商売繁盛の縁起ものだと思って、素直に鍵を出せと」

「もうひとり、口をきいた者がいたらしいな」

「そうです。ちょっと口をきいた者がおりました。寿老人の面をつけた男です」

「なんと言ったか、覚えているか」

「私が、土蔵に向かっていて、足をよろけさせたとき、寿老人の面をつけた男が、『おっと、危ねー。気をつけるこったー』と」

「つまり、語尾を伸ばす言い方か」

「そう言えば、そうですね。確かに、語尾を伸ばしていました」

賊の中に、語尾を伸ばす癖のある男がいた。これは、何か手掛かりになるかもしれない、と剣一郎は思った。

だが、それ以外には、たいした手掛かりは得られなかった。体つきにしても、皆細身であり、背の高さも同じようなものだった。ずば抜けて大きいとか、小さいとか、そういう男はいなかったのだ。

あとは匂いだ。だが、特殊な匂いでない限り、人間の嗅覚はあまり機能しないようで、匂いに関しての手掛かりは皆無だった。

剣一郎は夕方になって奉行所に戻った。用部屋を覗くと、見習いの剣之助が先輩の坂本時次郎と額を寄せ合わせ、なにやらひそひそ話をしていた。

剣一郎に気づくと、ふたりはさっと離れた。また、遊びの相談だなと思った。

それから、しばらくして京之進が戻って来たので、剣一郎は同心詰所に行った。

きのう、きょうと、被害に遭った商家から話を聞いて来たことを伝え、剣一郎は改めて、犯人たちのことを整理してみせた。

「もう、すでに調べ済みのことと思うが、まず、賊は七人。それぞれ七福神の面を被っている。首領格は大黒天の面をつけた男。中に、侍がひとり。弁天の面をつけた女がひとり。そして、寿老人の面をつけた男は喋り方に特徴があり、語尾を長く伸ばす癖があったとのこと」

京之進が頷き、剣一郎はさらに続けた。

「押し込まれた家は、五百両以上はとらないということ、ひとに危害を加えないという安心からだけでなく、七福神が舞い込んで来たという縁起のよさという錯覚から、素直に土蔵の鍵を出してしまったところもあったようだ」

剣一郎の説明を、京之進は熱心に聞いていた。

その夜、剣一郎は『山膳』で、三日ぶりに徳二郎と向かい合って酒を呑んでいた。

「ゆうべはすまなかった。遅くなってしまった。来たら、徳さんは帰ったあとだった。具合が悪いとか、もう心配はないのか」

「ああ、だいじょうぶだ。もう少し待っていればよかったんだな。こっちこそ、すまなかった」

そんな会話からはじまったのだ。

だが、きょうの徳二郎はふとしたときに他のことに思いが向いているようなところがあった。何か気になることを抱えている。そんな感じだった。

「徳さん。何か心配ごとでもあるんじゃないのか。もし、そうなら遠慮せずに言ってくれ。俺で出来ることなら何でもするよ」

「いけねえ。一さんにつまらねえ気を遣わせちまった。謝るよ。なんでもねえんだ」

徳二郎は穏やかに言う。

「それならいいんだが」

「そんなことより、もう一本つけてもらおうか」

そう言って、徳二郎は手を叩いて小僧を呼んだ。

「酒をおくれ。熱燗にしておくれ」

きょうは肌寒い日だった。雨は降らなかったものの、陽が射さず、このまま冬に向かってしまうのではないかと思うような陽気だった。

そうだ、やはり、きょうの徳二郎はおかしい。いつもなら、春の日溜まりのようなほんわかした気持ちになるのだが、その陽射しが弱いように思えるのだ。

しかし、剣一郎はそのことをおくびにも出さなかった。もし、何か心配ごとがあり、それが手に負えないようなものなら、徳二郎のほうから言い出すだろう。そう思って、そのことを忘れることにした。

剣一郎が話の接《つ》ぎ穂を見つけて口を開いたのと、徳二郎が口を開いたのが同時だった。

「例の釣りのことだが」

まったく同じ言葉が口から出たので、お互いに目を見合わせ、そして笑い出した。

「なんだ、ふたりとも同じことを考えていたんだ」

剣一郎は再び春の日溜まりにいるような気分になった。

それから、ふたりで釣り談義になった。

「この前、両国橋西詰広小路にある釣り道具屋から、釣りの案内図をもらったんだ。釣り場や釣り針の説明が書いてある。きょう、それを持ってくればよかったな」

「そうか。いいよ、今度、あの辺りを通ったら釣り道具屋を覗いてみよう」

「そうそう、一さんは竿《さお》はいいものを持っているのかえ」

「いや。安物だ」

「そうか。じつは有名な釣り竿師が作った竿があるんだ。それも二本。一つ、一さんに上げるよ」

「いいのか」

剣一郎は自分でも目の色が変わったのがわかった。もちろん、有名な釣り竿師が作った竿というのも魅力ではあったが、それより徳二郎の気持ちがうれしかったのだ。

「よかった。一さんが、そんなに喜んでくれて。今度、釣りに行くときに持って行くよ」

ふと、徳二郎が目を細め、

「俺と一さんは、前世では兄弟か何かだったんじゃないかな。そんな気がするんだ」

と、感慨深そうに言う。

「そうなんだ、徳さん。俺もそう思っていた」

そう言えば、顔立ちも似ているような気がする。剣一郎は武士の家に生まれ、武士として育って来た。徳二郎は職人の子だ。そういう土壌や環境の違いが顔立ちや立ち居振る舞いを違うものにしているが、根っこは同じように思える。また、そう思うことが、楽しかった。

ほどよい時間になって、ふたりは店を出た。徳二郎は自分の限度を決めていて、それ以上は決して呑もうとはしなかった。

また、いつもと同じように江戸橋の手前で、徳二郎と別れた。

屋敷に帰ると、まだ剣之助は帰っていなかった。

夕方、坂本時次郎とひそひそ話をしていたことを思い出した。最近、夜遊びが過ぎるようだ。一度、意見をしなければ、と剣一郎は自分も酒臭い息を吐きながら思った。

七

　朝、徳二郎が飯を炊き、味噌汁《みそしる》を作る。洗濯も、掃除も皆、徳二郎がする。

　おさよに飯を食べさせるのも徳二郎だ。おさよは自分ひとりでは食事をすることは出来ない。だから、徳二郎が重湯を口にさせる。

「徳さんには、ほんとうに頭が下がるわ。うちの宿六に、徳さんの爪の垢《あか》を煎《せん》じて飲ませたいね」

　長屋の女房連中は口々に褒めるが、徳二郎は笑って否定する。

「それだけ、あっしはおさよにさんざん苦労かけさせちまったってわけです。しなくてもいい、苦労をね」

　ここに引っ越して来たのは、おさよが倒れたあとで、いい先生がいるからと紹介された康安先生の近くだからだ。

　だから、この長屋のひとたちは、おさよの苦労を知らない。

　しかし、徳二郎は罪滅ぼしのためだけにおさよの面倒を見ているのではない。そのことを他人に話してもわかってもらえないと思うから言わないが、徳二郎はおさよの世話をすることが少しも苦ではないのだ。

「ゆうべも、一さんと楽しかったよ」

重湯を食べさせたあと、徳二郎はおさよの髪を梳《す》いてやった。櫛をいれるたびに、最近はたくさんの毛が抜ける。

その毛の固まりを丁寧にとって、また静かに髪を梳く。室町の小間物屋で見つけた櫛のことを思い出したが、こんなに髪の毛が抜けるようになっては、買っても意味がないように思え、切なくなった。

髪を梳きながら、徳二郎は話しかける。

「おさよ、覚えているか。祝言を挙げた日のことを。前の晩、俺は呑み過ぎて、二日酔いで祝言の席に出たんだが、俺はいつの間にか寝ちまった。たいへんな男と、いっしょになったと、端《はな》から後悔したんじゃねえか」

徳二郎は髪を梳かし終えると、おさよの体を拭いてやり、そして、最後におさよの唇に紅を塗ってやる。

「おさよ。きれいだぜ」

徳二郎は微笑みかけた。

「おめえはいい女だったぜ。俺は、おめえに見向きもされねえと思っていたんだ。だから、親方から、おめえが俺の女房になってもいいと言っていると聞かされたとき、飛び上がったものだ」

庭から雀《すずめ》の囀《さえず》りが聞こえてきた。

「さてと、仕事をしてくるからな」

徳二郎はおさよの頬を人差し指で軽く触れてから、仕事場にしている部屋に向かった。

小机の前に座り、大きく深呼吸をしてから、鑿や小槌などの道具を確かめるように道具箱から取り出し、机に並べた。

そこに、腰高障子が開いて、年増の女が入って来た。

「徳二郎さん、お邪魔します」

親方のところの女中のおふさだった。

「おう、おふささんか」

「お仕事の手を休めさせてすみません」

「いや、とりかかる前だ。気にしないでくだせえ」

「おさよさん、どうですか」

「まあ、よくもなく悪くもなく、といった状態です」

おさよを気にして、徳二郎は声をひそめて言った。

「そうですか。これ、お内儀《かみ》さんから」

そう言って、おふさは風呂敷包から菓子折りを出した。

「おさよさんは口に入れることは出来ないでしょうが、おさよさんの大好物だった羽二重団子だから、せめて徳二郎さんに食べてもらいたいと、お内儀さんが仰《おつしや》っておいででした」

「そうですか。すいません。お内儀さんによろしくお伝えください」

「それより、徳さん。親方が徳さんの手を借りたいから、一度、顔を出して欲しいとのことでございました」

「そうですか。わかりました。明日か明後日にでもお伺いしますとお伝えください」

「よかった」

「じゃあ、私はこれで」

「あっ。おさよに会っていきますか」

「いえ。おさよさんは、自分の姿を見られたくないでしょうから」

消え入りそうな声で言ってから、はっとしたように顔を上げ、

「ごめんなさい」

「いえ。おさよには、おふささんがいらしたことを話しておきますよ」

「じゃあ、ごめんなさい」

おふさは逃げるように去って行った。

無理もない。おさよも見るも無残に痩せさらばえた体を見られたくないだろうが、おふさだって、そういうおさよの姿を辛《つら》くてまともには見られないのだろう。

彫を入れる金板を机に置き、鏨を手にしたが、心が落ち着かない。胸騒ぎのようなものがして、徳二郎はおさよのところに行ってみた。

すると、おさよの息が荒くなっていた。

「おさよ。どうした？　苦しいのか」

徳二郎は耳元で叫んで、

「待っていろ、康安先生を呼んで来る」

徳二郎は長屋を飛び出して行った。

康安の所まで走り、駆け込んで、康安を呼んでもらった。

おさよの様子がおかしい、と訴えると、康安がすぐに出かける支度をし、徳二郎といっしょに長屋に向かった。

長屋に辿《たど》り着き、家に入るや、康安はおさよのところに駆け寄った。

心の臓が喉から飛び出しそうなほどの不安と闘いながら、康安の顔を窺った。康安はおさよの背中を抱き起こし、頭を下にし、喉に手を当てたりしていた。

胸元がはだけ、痩せて骨だらけのおさよの肋骨《ろっこつ》が痛々しかった。

やがて、静かにおさよを寝かせて、康安が振り向いた。

「朝の重湯が胃から逆流して喉を詰まらせたようだ。もう心配はいらんだろう」

「先生。ありがとうございます」

徳二郎は何度も頭を下げた。

引き上げる康安は、土間に立ったとき、ふと深刻そうな表情で、

「徳二郎さん。残念だが、おさよさんはもってあと三ヶ月、早ければひと月以内……」

一瞬、目眩《めまい》がしたが、徳二郎は踏ん張った。

「そうですか。もう先はないんですか」

「これからは重湯はやめて薬湯だけにするように」

いつ康安が出て行ったのか、わからないほど、徳二郎は茫然《ぼうぜん》と佇んでいた。

仕事に向かう気も起きず、徳二郎は飛び出すようにして長屋を出た。

無意識のうちに思案橋を渡っていて、気がつくと、康安の医院のある小網町二丁目のほうに来ていた。ちょうど、対岸の南茅場町《みなみかやばちょう》に向かって鎧の渡し場の舟が出て行くところだった。

（おさよ）

徳二郎は悲しく心で叫んだ。

いつか、その日が来ると覚悟を決めていても、いざはっきりと期限が決められると、徳二郎はうろたえてしまった。

大きく深呼吸をし、徳二郎は再び堀沿いを歩きはじめ、北新堀町《きたしんぼりちょう》の御船手屋敷の前を過ぎ、対岸の南新堀町に渡る豊海橋《とよみばし》を右手に見た。

後ろから走って来る数人の足音が重なって聞こえた。川岸に身を避け、駆け抜けて行く連中を見送った。

尻端折《しりっぱしょ》りをした岡っ引きと手下らしい男たちだった。何かあったようだ。

永代橋の袂《たもと》にある船番所の手前の川岸で人だかりがしていた。その中に、さっき駆けて行った岡っ引きらしい姿が見えた。

近づくと、徳二郎は野次馬の男に声をかけた。

「何があったんですね」

「殺しだ」

「殺し？」

「川っぷちで、男が肩を斬《き》られて死んでいたんだ。ほれ、今、仏をこっちに引き上げてくるところだ」

戸板に乗せられ、仏が土手に引き上げられた。

野次馬の間から仏の顔が見えた。その瞬間、徳二郎は何かが背中を走り去ったのを感じた。知っている男のような気がしたのだ。

野次馬をかき分け、徳二郎は前に出た。

「親分さん」

徳二郎は岡っ引きに声をかけた。

すから」

「ちと、仏の顔を拝ませていただけませんか。知り合いに似ているような気がしたものですから」

「よし」

岡っ引きの承諾を得て、徳二郎は仏の前にしゃがんだ。

合掌してから、改めて顔を覗く。

四角い顔だ。顎から両の頬まで髭が生えている。『山膳』で見た男だ。

動揺を悟られないようにゆっくり立ち上がり、

「親分。ひと違いでした」

と、徳二郎は言った。

「なんだ、ひと違いか」

岡っ引きはつまらなそうに言った。

「ちょっと待て」

同心が呼び止めた。

「念のために、名前を聞いておこう」

「えっ、あっしですか。へえ、堀江町に住んでいます、彫金師の徳二郎と申します」

「徳二郎か。よし、いいぜ」

「はい」

その場から離れても、徳二郎は興奮していた。殺されたのは、あの男だ。やはり、『山膳』で見かけた男だ。

なぜ、あの男が殺されたのか。気になるのは、あの男の喋り方だ。語尾を伸ばす癖は寿老人の面をつけた男に似ていた。

徳二郎はふと凍《い》てつく空気の中に身を置いたような寒気に襲われた。

八

きょうも、七福神一味の探索の手掛かりは摑めなかった。

臨時廻り同心や隠密廻り同心も、吉原や深川七場所、それに根津《ねづ》などの遊廓《ゆうかく》、さらには品川《しながわ》、千住《せんじゅ》、板橋《いたばし》、内藤新宿《ないとうしんじゅく》などの四宿に探索の目を張りめぐらせているが、不審な客の情報はなかった。

不思議だった。七福神一味はこれまで五度の押込みで、全部で二千両以上を盗んでいるのだ。少なくとも、ひとり二百両を越える金を手に入れているはずなのだ。

中に女が混じっているから、男は六人。その六人の男どもは大金を手に入れても遊ばずにいるというのか。

女のことでいえば、最近、大きな買物をしたとか、芝居町の茶屋で役者を呼んで派手に遊んでいる女がいないかなども捜査の対象となっていた。

だが、こっちも手掛かりはないのだ。

もっとも、これまでの捜査で、急に派手に遊び出した男を何人か調べた。だが、親が亡くなって財産が入ったとか、故郷の山を売った者とか、賭博《とばく》で大きく稼いだものだとか、皆それぞれに理由があり、七福神一味とは無関係だった。

あるいは、遊び出すのをじっと我慢している可能性もあった。だが、そう長い間、辛抱出来るものか。

七福神一味はひと月半に一度の割で、犯行を繰り返して来た連中だ。そろそろ、六度目の押し込みを実行する可能性が高い。この六度目は必ず阻止しなければならない。

そういう中で、きのう新たな事件が発生した。永代橋の袂にある船番所の手前の川岸で、男の死体が発見されたのだ。

肩から袈裟懸《けさが》けに斬られていた。下手人は侍だ。それも、相当な腕のようだ。

京之進が捜査を手がけているが、まだ被害者の身元も判明していないのだ。

岡っ引きや手下が周辺の聞き込みを行っているので、いずれ目撃者が見つかるかもしれないが、早い解決を祈らざるを得なかった。

夕方になって、京之進が戻って来たので、剣一郎はきのうの殺しについて様子をきいてみた。

「殺された刻限は、死体の固まり具合や血の乾き具合などから、きのうの真夜中から未明にかけてだと思います」

「殺害現場はどうだえ?」

「はい。現場に、草木が踏みつぶされたり、すべったような跡がありました。ですから、運ばれて捨てられたというより、あの場所で殺されたと考えたほうがいいようです」

「まだ、被害者の身元はわからないのだな」

「はい。ひょっとして、こっちのほうに住んでいる人間ではないのかもしれません。明日から、芝《しば》、高輪《たかなわ》、あるいは市《いち》ヶ《や》谷、千駄木《せんだぎ》、それから巣鴨《すがも》などのほうに聞き込みをかけてみます」

被害者に家族がいれば、家族から大家か自身番に届けがあるだろうし、独り者だったとしても、帰って来ない店子《たなこ》がいれば大家も不審に思うはずだ。

といっても、普段から数日は帰って来ないのが当たり前のように思われている男だったら、近所の者もわからない。その場合には、もう少し時間がかかるかもしれない。

「きょう死体発見現場にて、知り合いかもしれないので顔を拝ませて欲しいという職人体の男がおりましたが、顔を見てひと違いだと申しておりました」

「ひと違いとな」

わざわざ顔を確認したからには似ていたのであろう。剣一郎は少しひっかかりを覚えたが、京之進が次に口にしたことに注意が向いた。

「現場周辺での聞き込みの結果、おとといの夕方、煙草《たばこ》売りの男が被害者に似た男と伊勢町河岸ですれ違ったということがわかりました。被害者は、あの近辺で、誰かと会う予定だったのではないでしょうか」

「うむ。そうだな。何者かに会い行ったというより、約束の場所に向かったと考えたほうがいいかもしれないな」

被害者がわかれば、誰に会いに行ったか、あるいは、あの周辺に住む知り合いがわかるかもしれない。

その他、いくつか確認しあってから、京之進と別れた。


その夜、剣一郎は『山膳』に行った。

徳二郎はまだ来ていなかった。

頼んだ燗徳利が届き、剣一郎はひとりで酒を呑み始めた。

暖簾をかき分けて、ふたりの大工らしい印半纏《しるしばんてん》の男が入って来た。常連だ。さっそく賑やかに話し始めた。

徳利が空になりそうになったが、徳二郎はまだやって来ない。

そのうち、さっきの職人が、小鉢を運んで来た小僧に声をかけた。

「この前、ここで呑んでいた男がいただろう？」

「はい。一見《いちげん》さんですね。まさか、あんなことになるとは思いませんでした」

剣一郎は聞きとがめた。

戸口に人影が現れるたびに顔を向けるが、そのたびに剣一郎は吐息を漏らした。これと似たような気持ちを昔、どこかで味わったことがある。

そうだ。まだ十代の頃、深川の仲町に遊びに行ったときのことだ。剣一郎の気に入っていた娼妓がなかなか部屋にやって来ない。

廊下に足音がするたびに体を起こすが、そのまま足音は行き過ぎてしまい、何度も落胆した。

あのときもこんな寂しさと焦燥感に包まれていた。いや、あのときとはまったく異質だ。もっと今のほうが切実だ。それは徳二郎という男がかけがえのない友だからだ。

しかし、姿を見せないのは急用でも出来たのであろうが、徳二郎がやって来られないことに、剣一郎は微《かす》かな不安を抱いていたのだ。

先日、徳二郎の表情に微かな翳《かげ》りを見つけた。春の日溜まりのような温もりに、ふと冷たい風が吹き込んだような気がしたのだ。

徳二郎は何か問題を抱えている。そんな気がした。そのことと、今夜姿を現さないことが結びついてしまったのだ。

考え過ぎかもしれない。いや、急な仕事が入ったのかもしない。だが、不安が去らないのは、徳二郎のことを何も知らないからだ。

職人らしいこと、住まいはこの近所らしいこと、それ以外の知識はまったくない。

いつも徳二郎が帰る時間を過ぎてから、剣一郎は立ち上がった。さっきの職人ふたりもちょっと前に引き上げていた。

勘定を支払うとき、小僧がませた口調で言った。

「今夜は、いらっしゃいませんでしたね」

「急用でも出来たのだろう。そうそう」

剣一郎は、さっき耳にした話を思い出した。

「職人と、この前の男があんなことになって、と話していたね」

「ああ、殺されたひとのことですね」

「殺されたというのは、きのう発見された男のことかね」

「はい。そのお客さん、一昨日の夜、うちにいらっしゃいました」

「そうか。で、町方には話したのか」

「いいえ、町方のひとはいらっしゃいませんでしたから」

京之進たちの聞き込みはこっちのほうまでは行き届いていなかったようだ。

しかし、一昨日というと、剣一郎が遅れてここに駆けつけたときだ。すでに徳二郎は帰ったあとだった。

　あのとき、徳二郎もその男を見たのだろうか。

「いちおう、近くの自身番を通してでもいいから、その男がここに立ち寄ったということを役人に知らせておいてくれないか」

「はい。畏《かしこ》まりました」

　小僧は素直に頷《うなず》いた。

「そうそう、その男は何か話していなかったかかな。この付近にやって来た理由だとか、自分は何をやっていたとか」

「いいえ。ただ、喋り方に特徴がありました」

「喋り方？」

「はい、何か語尾を伸ばすんです。そうじゃないかえーとか」

「それは、ほんとうか」

「はい」

　偶然の一致だろうか。寿老人の面をつけた男の喋り方と似ているが、そういう喋り方の癖を持つ男がそう何人もいるとは思えない。

　しかし、七福神一味の可能性があるだろうか。それより、気になることがあった。仏の顔を見たという男のことだ。

日本橋川を江戸橋で渡り、楓川沿いを海賊橋まで来ると、向こうから提灯が近づいて来た。京之進ではないかと期待したが、商家の主人と手代ふうの男だった。

このことを一応、伝えておこうと、京之進の役宅にまわった。

同心の役宅は、与力のように冠木門をつけられず、片開きの木戸門であった。

その木戸門の前に立ち、剣一郎は迷った。こんな時間に訪問をすれば、京之進だけでなく、妻女にも迷惑をかけてしまうかもしれない。

緊急を要する用事ならともかく、明日の朝にしても遅くはない。だが、気になっているものを早くすっきりさせたい。その間で迷ったが、やはり夜分の訪問を遠慮することにした。そう決心したら、もう迷いはなく、さっさと踵《きびす》を返した。

自分の役宅に戻ると、今夜もまだ剣之助は帰っていないという。さすがの多恵も、我慢が出来なくなったのか、

「少し、度が過ぎましょう。あなたからはっきり言ってください」

と、珍しく頭に角を出していた。

翌朝、剣一郎が顔を洗い、塩で歯を磨いていると、剣之助が眠そうな顔でやって来た。

最近、背も大きくなり、剣一郎とあまり変わらなくなった。奉行所に見習いに出てから半年足らずで、ずいぶん大人びてきた。

「剣之助。ゆうべも遅かったな」

「はい。いろいろ付き合いがございまして」

「どうだ、久しぶりにいっしょに朝風呂に行くか」

以前なら二つ返事で頷いたものだが、

「きょうは、父上おひとりでいらしてください。あのまつという芸者に会うのもかないませんので」

まつの名を出されて、剣一郎は強いて行こうとは言えなくなった。

ぱっぱと顔と手を洗い、それは剣一郎には適当としか思えなかったが、さっと剣之助は逃げるように去って行った。

朝餉の膳につくと、この前と違って、剣之助は旺盛《おうせい》な食欲を見せた。ゆうべ、あんなに遅かったのにと、剣一郎は呆れ返りながら、その若さをうらやましいとも思った。夜遊びに、だいぶ馴れて来たのだろう。

「ごちそうさまでした」

剣之助が箸を置いたのを見て、剣一郎は声をかけた。

「剣之助。あとで話がある」

「はい」

素直に頭を下げ、剣之助は自分の部屋に引き上げた。

剣一郎が自分の部屋に戻り、落ち着いてから剣之助のところに行こうとしたとき、若党の勘助が、京之進の来訪を告げに来た。

今朝、勘助を京之進のところに使いにやったのだ。行きがけに、寄ってもらうように
と。

与力の出勤時間は四つ（十時）だが、同心は五つ（八時）なので、もうやって来ても不思議ではない。

剣一郎は、京之進を庭から通し、縁側で迎えた。

急いでいるのに上がってもらっては悪いからという理由だ。

「じつは、伊勢町河岸に『山膳』という居酒屋がある。年寄りと小僧がふたりで切り盛りしている店だが、この店に三日前の夜、事件の前日だが、永代橋の近くで殺された男が立ち寄ったそうだ。小僧が話していた」

「まことでございますか」

「うむ。連日、現れているというのは、やはりあの近辺に訪ねる人物がいた可能性があるな」

「わかりました。さっそく、そこに行ってみます」

「それより、その男の喋り方が問題なのだ」

「と、言いますと？」

「語尾を伸ばす癖があったという」

「まさか、七福神の一味？」

興奮したのか、京之進の眉がつり上がった。

「まだ、はっきりとはわからない。だが、その可能性もある。こうなったら、一刻も早く、被害者の身元を洗うことだ」

「わかりました。では」

「待て」

行きかけた京之進を呼び止め、

「現場で、仏の顔を調べた職人ふうの男がいたということだったが、どんな男だったね」

と、確かめた。このことこそ、ききたかったことだ。

「背が高く、細身の男でした。彫金師の徳二郎と名乗りました」

「なに、徳二郎」

剣一郎が声を上げたので、京之進が不審そうな顔をした。

「よく、その者の名をきいておいたな」

そのことを褒め、剣一郎は動揺を悟られないようにした。

京之進が引き上げたあとも、剣一郎はしばし、その場に佇んでいた。

多恵が傍にやって来た。

「徳二郎さんというのは……」

多恵が呟くようにきいた。

「まさか……、いや、考え過ぎだ。さあ、剣之助のところに行ってこよう」

「剣之助はもう出かけました」

「なに、もう出た？」

「寄るところがあると申して」

「逃げられたか」

剣一郎は大きくため息をついた。

第二章　恋女房

一

有明行灯に明かりを灯してから、徳二郎はおさよの手を握って、

「出かけてくる。遅くなるかもしれないが、心配しないで先にお休み」

と、いたわるように声をかけた。

いよいよ死期が迫ってきた。そう思うと、胸の底から突き上げてくるものがあった。

「おさよ」

苦労ばかりかけて、何もしてやれなかった。そのことが、心残りだった。

「じゃあ、行って来る」

おさよの手を静かに放した。

それから、徳二郎は押入の天井板を外し、そこに隠してあった風呂敷包をとると、再び天井板を元に戻した。

その様子をおさよが見ていたが、何も言わなかった。

徳二郎は長屋を出た。

また、隣の家に、留守にすると声をかけて、木戸に向かった。

途中、康安先生が供を連れてやって来るのに出会った。

「おや、お出かけか」

康安が困惑したような顔で、

「往診があったついでに、これから、お宅に伺《うかが》おうと思っていたのだが」

「そうですか。申し訳ございません。もし、よろしければ、あっしは出かけてしまいますが、おさよを診てやっていただけるとありがたいのですが」

「あんたさえ構わなければ、寄ってみるよ」

「そう願えれば……。先生、お願いいたします」

自分の家に向かう康安と別れて、徳二郎は再び歩き出した。

永代橋に向かう途中、あの男が殺された場所を通った。歩を緩《ゆる》めて、その場所に目をやったが、すぐに気を取り直して足を急がせた。

永代橋を渡り、南に折れると、やがて熊井町に差しかかった。

前を行く男がいる。茶の袷の、気障《きざ》な感じの男だ。ひょっとして、仲間かとも思ったが、男は手前を曲がって行った。

市兵衛の家は一軒だけぽつんと離れており、その周辺は真っ暗だった。その闇に溶け込むように、徳二郎は市兵衛の家に向かった。

周囲にひとの気配のないのを確かめて、門に向かった。そこに、喜八《きはち》という若い男が立っていた。

「どうぞ」

喜八はここで、仲間同士がかち合わないように見張っているのだ。もし、あとから、仲間の誰かがやって来たら、しばらく待たせておく。

徳二郎は裏庭を突っ切り、勝手口から上がり込み、横手にある納戸《なんど》のような小部屋で、黒の着物に着替え、そして、福禄寿の面をつけた。

奥から、行灯の明かりが漏れている。徳二郎がその部屋に入ると、市兵衛がこっちを見て、黙って頷いた。

甘い香りが漂っているのは香が焚《た》いてあるからだ。

まだ、市兵衛の他には弁財天しか来ていなかった。市兵衛は素顔で、押込み時には恵比寿の面をつけ、さっきの喜八が大黒天の面をつけるので、七福神が揃《そろ》うには、あと三人。

来た順に座るという約束に従って、徳二郎は弁財天の隣に腰を下ろした。この弁財天は女だが、どんな女なのか、顔も声も知らない。

そのうちに、刀を手にした毘沙門天がやって来て、徳二郎の隣に座った。侍はこの男ひとりだ。

それからほどなく、布袋がやって来た。小柄で細身の、いかにも俊敏そうな体つきをしている。

あと、ひとり。問題の寿老人だ。だが、喜八が部屋に入って来た。

「今宵は寿老人が来られませんので、これだけで打ち合わせを行います」

市兵衛の声が響いた。

皆、居住まいを正した。やはり、寿老人の男がやって来ない。殺されたのは寿老人の男だったのだろうか。

「先日、お話ししましたように、次の狙いは南飯田町《みなみいいだ》にある紙問屋『万屋《よろず》』でございます。主人は寝間に入ってから妻女とふたりで晩酌をするようです」

市兵衛はどこでどうやって調べて来たのか、万屋の屋内の簡単な見取り図を広げ、

「侵入方法は同じ。いつものように、布袋が裏の塀を乗り越え、母屋の屋根に上がって室内に入り込みます。雨戸を内側から開け、そして、庭に出て、裏口の戸を開ける」

皆、熱心に市兵衛の話を聞いていて、誰も口を開くものはいない。

「我々は裏口から庭に入り、開いている雨戸から室内に忍び込みます。主人夫婦の寝間に押し入ったら、毘沙門天が刀で亭主を威《おど》す」

おそらく布袋の男は、かつて名うての盗人だったに違いない。でなければ、あのように鮮やかに屋根にまで上がって、室内に侵入するなど出来ないはずだ。

「主人に付き添って土蔵に行くのは、今回は福禄寿、大黒……」

やはり、そうだ。いつもは、主人を監視しながら土蔵に行くのは、徳二郎の福禄寿と寿老人だったのだ。殺された寿老人は、今度の押し込みには参加出来ない。

「よろしいですね」

一通りの説明が終わって、市兵衛は皆の顔を見た。もちろん、面をつけているので、表情はわからないが、誰も何も言おうとしなかった。

仲間全員の顔を知っているのは市兵衛と喜八だけだ。あとの五人はお互いの顔を知らない。

だから、外で会ったとしても仲間かどうかはわからない。仮に、誰かが捕まったとしても、芋づる式に仲間が捕まる心配もないのだ。

「では、決行は今月の二十六日です。また、ここに五つ（八時）に集合。舟で、近くまで移動します。もし、誰かひとりでも欠けたら、中止します」

喋るのは市兵衛だけ。あとの五人は頷くだけだ。

誰かひとりでも欠けたらというが、寿老人の男はどうなっているのか。殺された男が寿老人ではなかったのか。

徳二郎は疑問を抱きながら、それとなく他の四人の様子を窺《うかが》った。すると、徳二郎の心を読んだかのように、市兵衛が言った。

「これはいつも申していることですが、お互いの素性の詮索《せんさく》はやめるように。世間に出れば、まったくの他人。それでこそ、我々の安全が保たれるのですから」

最後に、どんな事態に陥《おちい》ろうが、ひとを殺《あや》めたり、怪我をさせたりは厳禁だと言って、市兵衛は散会を告げた。

「それでは、いつもの通り、順番に引き上げてください。決して、他人のことを調べようとは思わないこと。では、まず弁財天から」

弁財天の面をかぶった女が立ち上がった。すでに、喜八は部屋を出ていた。来たときと同じ、納戸部屋で着替え、そして裏口から出て行くのだ。しばらくして、喜八が顔を出し、次の方と言いに来た。

「では、福禄寿」

市兵衛が言い、徳二郎は立ち上がった。

納戸部屋で着替え、喜八の案内で、裏口から出て、露地を廻り、仲町へ向かう遊び客や、帰りの客で賑《にぎ》やかな通りに出た。

まん丸い月が出ている。明日は満月。仲秋の名月だ。

さえざえとした月の光が徳二郎の広げた手のひらを白く照らした。この手が、押し込みのとき匕首を握っているのだ。

そう思うと、忌まわしいものに思えてくるが、徳二郎には不思議なことに後ろめたさはなかった。

隅田《すみだ》川沿いを上り、永代橋に差しかかった。

橋を過ぎた辺りに大きな樹があり、その傍で、黄色い明かりが灯っていた。おでん燗酒売りの屋台だった。

これから『山膳』に行っても、剣一郎はもういないだろう。剣一郎のいない『山膳』で呑むより、そこの屋台で一杯やっていこうと思った。

徳二郎は屋台に向かった。

屋台には、女の客がひとりいるだけだった。二十七、八の年増が、木の根っこに腰を下ろして、おでんを食べていた。一瞬、心の臓が止まったようになったのは、弁財天の女を思い出したからだ。

弁財天は一番最初に市兵衛の家を出た。時間的にいって、ここにいるのも不自然ではない。だが、そんなはずはない。どうも、意識し過ぎるようだと、内心で苦笑した。

「燗酒をくれ」

徳二郎は亭主に注文した。

「まさか、もうおでんの屋台が出ているとは気づかなかった」

徳二郎が言うと、

「へえ。秋の盛りにしては、なんだか最近は寒い日が続きますねえ」

と、亭主が愛想よく応じた。

七輪の上ではおでんの鍋《なべ》が煮たっていた。

「そういえば、もう葉っぱが色づいている」

「そうですねえ。はい。お待ちどおさま」

亭主が徳利を差し出した。

「ちと熱いですぜ」

「このぐらいが呑みたかったんだ。結構だぜ」

ぐい呑みを受け取り、腰を下ろせそうな場所を探していると、

「ここ、どうぞ」

と、女が隣を手で示した。

なるほど、大きな根っこで、もうひとり座れそうだ。

女の前には板が置いてあるのは、屋台のものだろう。

「ありがたい」

徳二郎は徳利を板の上に置き、腰を下ろした。

「おやじさん。あたしももらおうかしら。熱いのを」

「姐《ねえ》さん。お酒を断っているんじゃないですかえ」

亭主が言う。

「そうだけど。少しならいいでしょう」

「失礼ですが、よかったらこいつをどうぞ」

徳二郎は徳利をつまんで、女に差し出した。

「あら、いいんですか。あたしは遠慮しない質《たち》なんですよ」

女は明るく言い、亭主からぐい呑みをもらった。

細面で、切れ長の目。鼻が細くて高い割には口が小さい。

「じゃあ」

「すいませんねえ」

女はぐい呑みをかざして言い、口に含んだ。

「ああ、胸にきゅんとくるわ」

「なんだか、お酒に切ない思い出があるみたいですね」

徳二郎は冗談混じりに言う。

「久しぶりなのよ。お酒」

「そうですかえ。じゃあ、もう一杯どうですか」

「悪いわね」

女は空になったぐい呑みを差し出した。

徳二郎が注いでやると、うれしそうに目を細めた。

二本目の徳利が空になって、徳二郎はおでんを頼んだ。女はもう食べ終わっていた。

「姐さんはもういいんですかえ」

「あたしはもうたくさん」

おでんをたいらげてから、徳二郎は勘定を払った。女も勘定を払った。

歩き始めたとき、女もいっしょについてきた。

「おまえさん、どこへ帰るんだい」

女がきいた。

「あっしは永代を渡って堀江町だ」

「じゃあ、途中までいっしょ。あたしは南新堀町《みなみしんぼり》」

「そうか。じゃあ、橋をいっしょに渡るか」

川風が横から吹き、女は着物の裾を押さえて窮屈そうに歩く。徳二郎はさりげなく風上に位置を変えた。

何か言いたそうに徳二郎を見たが、女は何も言わなかった。

長い永代橋が短く感じられた。

橋を渡り切ってから女がきいた。

「名前をおしえて。あたしはまきよ」

「あっしは徳二郎だ」

「じゃあ、また縁があったら」

「うん。縁があったら、また会おう」

　おまきと別れ、徳二郎はおさよが待っている家に急いだ。

二

　翌日の昼過ぎ、ついに下谷山崎町《したややまざき》一丁目の通称、極楽《ごくらく》長屋の大家から届け出があった。

店子《たなこ》の時蔵《ときぞう》という男が四日前から戻らないというのであった。

　その長屋に駆けつけた京之進が戻って来て、剣一郎は報告を受けた。

「殺されたのは時蔵に間違いありません。やはり、語尾を伸ばすような喋り方をしていたそうです」

「時蔵は何をやっていたんだ？」

「よく、わかりませんが、何かの行商でもしていたようです。以前は左官職人だったそうですが、親方から縁を切られたあと、行商を始めたそうです」

　京之進は興奮を抑えてさらに、

「極楽長屋というのは今にも傾きそうな朽《く》ちかけた長屋で、貧しい者たちが狭い場所で肩を寄せ合うようにして暮らしているところです。ところが、この半年ばかり、長屋の住民の暮らし向きがよくなっていたということです」

「まさか、時蔵が」

「そのとおりです。時蔵はその極楽長屋で生まれ育ったそうですが、二十三歳でそこを出て、今年の二月に、そこに戻って来たそうです。時蔵は商売が当たって金が入るようになった。それで、長屋の連中に金を貸し始めたんです。ところが、あるとき払いの催促なし」

「つまり、実質は恵《めぐ》んでやっているということだな」

「そのとおりです。何の商売をして儲《もう》けたのか、誰も具体的には知りません」

「そうか。臭《にお》うな」

「はい。時蔵が七福神一味のひとりの可能性は高くなりました」

「殺されたのは仲間割れか」

「それが、時蔵の家の中が荒らされていました」

「荒らされていた？」

「はい。葛籠《つづら》の中身が乱雑に散らかり、竈《かまど》のほうも探したあとがありました。何者かが、何かを探していたようです。時蔵の持っている金を狙った可能性もあります」

「なるほど」

「時蔵の金を狙った人間が、時蔵を現場に誘《おび》き出して殺害し、そのあとで住まいに踏み込んで金を奪った。いかがでしょうか」

剣一郎はふと気づいて、

「時蔵が七福神一味のひとりなら、寿老人の面を持っていたはずだ。それは見つかったのか」

「いえ。家の中にはありませんでした」

はじめからなかったのか。それとも、何者かが盗んで行ったのか。いや、部屋の中が荒らされていたのは、寿老人の面を盗んで行ったためとも考えられる。

すると、仲間割れか。

京之進と別れたあとも、剣一郎は時蔵のことに思いを向けた。

もし、時蔵が七福神の仲間だとしたら、妙なことがある。今の暮らしがずいぶん地味だということだ。

派手に金を使わないようにしているのだろうが、なぜ、極楽長屋と呼ばれるようなところに舞い戻って来たのか。もっといい暮らしをしようとは思わなかったのだろうか。

金を得たのに、なぜ、極楽長屋に半年も住み続けているのか。

剣一郎は単身で奉行所を出た。

下谷広小路《ひろこうじ》から三橋《みはし》を渡り、山下《やました》を抜けて、寺の並ぶ一帯を過ぎて、山崎一丁目にやって来た。

極楽長屋はすぐにわかった。

木戸を入り、露地の奥まで行ってみた。なるほど、軒も傾き、廂《ひさし》は歪み、塀は剝《は》がれかかっていた。だが、所々に新しい塀が出来、手の加わった跡がある。

洗濯物が干してあるが、継《つ》ぎ接《は》ぎのものが目についた。

静かだ。誰もが出払っているようだったが、ふと人声がした。その家のほうに行ってみると、長屋の連中が集まっていた。

剣一郎が戸口に立つと、中のひとりが立ち上がってやって来た。

「何か」

「ここは時蔵の家か」

「はい。失礼ですが、青柳さまで？」

頰の青痣は隠しようもない。

「そうだ。ちょっと入ってよいか」

「どうぞ。今、時蔵さんを偲《しの》んでいるところでした」

狭い部屋に、何人もの住人がいた。壁に吊《つ》るしてあるのは時蔵の着物だろう。その手前の箱の上に、線香が煙を出していた。時蔵の亡骸《なきがら》は仮埋葬されており、ここにはない。

「時蔵はどんな男だったのか」

「仏さんみたいなひとだった」

髭面《ひげづら》の職人体の男が悔しさを堪《こら》えたように言う。

「そう。時蔵さんがいなければ、俺たちはどうなったかわからない」

皆、目には涙をためながら話す。

時蔵は、この長屋で生まれたという。十三歳のときに左官の内弟子に入った。だが、二十歳のときに親方の家で金がなくなったのを時蔵のせいにされ、親方から暇《ひま》を出された。金がなくなって、貧乏人の子だった時蔵がまっさきに疑《うたぐ》られたという。

時蔵は、それからこの長屋に戻って、ふた親と三人で暮らしていたが、やがて父親が肺を患《わずら》って死に、続いて母親も同じ病に倒れた。

栄養失調と、陽も射さない、埃《ほこり》だらけの環境が病気の進行を早めた。父と母を失った時蔵は、二十三歳のときにこの長屋を出た。

そして、今年の二月にこの長屋に戻って来たのだという。

時蔵は商売が当たって、少し稼いで来た。もし、入り用だったら、貸すと言って、長屋に触れてまわった。

最初は住民たちも、見下されたように思ったが、他の借金の形《かた》に娘を売られそうになった者や、病気で医者に行けない者たちが、背に腹は代えられず、金を借りた。

ところが、高い利子をとられるどころか、あるとき払いの催促なしと言い、帳面もつけない。

金が出来ても偉《えら》ぶるところはなく、それより、父親と母親の弔《とむら》いを皆で出してくれた恩を忘れてはいない。その恩返しだからと、住民のために惜《お》しげもなく金を貸してくれたのだという。

それまで黙っていた、でっぷりとした男が、

「じつは、時蔵さんは皆のたまっていた店賃を払ってくれて、長屋を新しく普請《ふしん》してやってはどうかと言っていたんですよ」

と、言い出した。どうやら、大家のようだ。

「時蔵さんは、長屋の連中をまるで家族のように思っていたんだ」

「あんないい人間を殺すなんて、許せねえ」

鍋釜《なべかま》鋳掛けの職人の男が憤れば、

「旦那。なんとしてでも仇《かたき》をとってくれ」

と、紙屑《かみくず》買いの男が剣一郎に訴えた。

さんざん、時蔵のことを聞かされたあとで、

「ところで、時蔵には女はいなかったのかね」

と、剣一郎はきいた。

「ときたま吉原には遊びに行っているようだったが、特定の女はいなかった。私が、そろそろ所帯を持たないかと勧めたとき、いいひとがいたらお願いしますと言っていましたか

ら」

　大家は答えたが、ふと、

「そうだ。時蔵さんは、目をかけてくれるひとがいるんだと言っていたことがあったな」

「そのひとの名はわからないだろうね」

「ええ、きいたんですが、教えてくれませんでした」

「時蔵は、永代橋のほうにどんな用事があったのか、知らないか」

「いえ、誰も知らないんですよ」

「どんな人間と付き合っていたのかは？」

「いえ」

　それから、これまでに五度の七福神一味が押し入った日の時蔵の在宅を確かめたが、はっきりした記憶は皆になかった。ただ、ときたま時蔵は夜、外出していたらしい。

　今年の二月にこの長屋に戻って来る前、時蔵がどこで何をしていたのか、そのことが知りたかった。

　剣一郎は極楽長屋を出た。

　時蔵が七福神一味である可能性は高い。長屋の住人が言うような男だったら、時蔵は金を手に入れたからといって吉原などで豪遊するような真似はしまい。

　下谷山崎町から剣一郎は御成道《おなりみち》を通り、奉行所にまっすぐ向かわず、筋違《すじかい》御門から伊勢町にやって来た。

伊勢町河岸にある『山膳』は、この時間、ひっそりとしていた。

小網町一丁目から思案橋を渡り、小網町二丁目を抜け、日本橋川沿いに永代橋に向かった。

北新堀町に入り、なおも川沿いを行くと、やがて、船番所が見えて来て、時蔵が殺されていた場所にやって来た。

明るい秋の陽射しに川面が白く輝いている。剣一郎が川岸に下りようとしたとき、土手下に佇《たたず》んでいる女を見つけた。

剣一郎はそっと近づいた。気配に気づいたらしく、女が振り向いた。その女の目尻が光った。涙だ。

小柄な華奢《きゃしゃ》な体つきの女だ。剣一郎は覚えず声をかけた。

「失礼だが、ひょっとして時蔵の知り合いか」

「はい」

涙で濡れた顔を、女はあわてて隠した。二十五、六歳だろうか。

「私は南町与力の青柳剣一郎だ。時蔵とはどういう関係か」

「元の亭主です」

女は小さく答え、顔を上げた。涙の跡が少し残っていた。

「一年前まで、いっしょに住んでいました」

「一年前？　どこで」

「本郷《ほんごう》の菊坂《きくざか》です」

「時蔵はそなたと所帯を持っていたのか」

「はい」

「よかったら、話を聞かせてくれないか」

思いがけないところから、時蔵の空白の歳月が埋められようとしていた。

「はい。二年ほどいっしょに暮らしました。でも、私が水茶屋に勤めるようになって、ふたりの仲がぎくしゃくしだして……」

ふたりが知り合ったのは五年前だという。その頃、時蔵は、本郷三丁目にある大奥御用達の扇問屋『栄屋《さかえ》』で通いの下働きをしていた。女はそこで女中をしていたという。

ふたりはいつしか人目を忍び合う仲となり、菊坂で所帯を持ったが、米びつが空の日が多く、毎日が苦しかった。

そこで、女中を辞めて、湯島《ゆしま》にある水茶屋に勤め出し、そこで客に来ていた足袋《たび》屋の主人といい仲になり、時蔵と別れたのだという。

「貧しさに負けたんです」

女は歯嚙《が》みをした。

「時蔵を嫌いになって別れたわけじゃないと?」

「はい。でも、いつもいらだって、衝突ばかりしていました。別れたいと言ったとき、私は言ってしまったんです。もう、貧乏はいやと」

「時蔵はなんと?」

「何も言いませんでした。いえ、何も言えなかったんだと思います。じつは……」

女が言いよどんだ。

「私たちに子どもが出来たんです」

子どもが出来たという話なのに、女の顔は暗かった。

「生まれて一年ぐらいで、子どもが熱を出してしまったんです。すぐにお医者さんに連れて行きました。でも、その医者は治療費が払えなければだめだと言って診《み》てくれませんでした。別のお医者さんに駆け込むと、診てくれるには診てくれましたが、高額の薬代を要求されました。私たちには払うお金なんてありませんでした」

女が嗚咽《おえつ》を漏らした。

「子どもは私たちの腕の中で息を引き取りました」

痛ましさに、剣一郎は言葉を失った。

「私たちにお金があったら、子どもを助けることが出来た。そう思うと、貧乏が憎く、お金を稼げない、あのひとが憎くなったのです」

「相変わらず、貧乏です。今の亭主は時蔵より稼ぎがあると思ったんですけど、酒好きで、女好きで……」

「時蔵と別れ、今はどうなのか」

時蔵と別れたことを後悔しているのだと思った。

「時蔵の死をどうして知ったのだ？」

「大家さんから聞きました。歳の頃なら三十前後。語尾を伸ばす喋り方をする男が殺され、身元を探しているという話を聞き、もしやと思って、自身番に駆け込みました。すると、身元がわかった、時蔵という男だと言うではありませんか」

また悲しみが蘇《よみがえ》って来たのか、女は嗚咽を漏らした。

「最後に会ってから、一年が経つのだな」

「いえ。ふた月ほど前に会いました」

「ふた月ほど前？」

最近のことだ。

「町で偶然に、か」

「いえ。私を探して訪ねて来てくれたのです」

「訪ねた？　よりを戻すためか」

「いいえ。そのとき、私に十両をくれました」

「十両？」

「はい。新しく始めた商売が順調に行って、余裕が出来た。これで、子どもの墓を建ててやってくれないかと。それから、残りはいっしょに暮らしていたとき、何もしてやれなかったから、好きなものを買うようにと」

「別れた相手に、か」

「はい。あのひとはそういうひとなのです。自分が少しでも関わった人間が不幸になるのは耐えられないと。私が、もう一度やり直せる、ときいたら、首を横に振っていました」

「なぜ、だろう。そなたには旦那がいるからか」

「さあ」

時蔵は将来を見越していたのかもしれない。押し込みで得た金では、幸せに出来ないと思ったのではないか。

「時蔵が、どんな商売を始めたのか、どんなひとと付き合いがあるのか、そういった話は聞いていないか」

「いえ」

「他に何か言ってなかったか。どんなことでも構わぬ。時蔵が口にしたことで覚えていることはないか」

「そうですねえ。あっ」

女は何か思い出したようだ。

「こんなことを言っていました。もし、あのとき、康安先生を知っていたら、俺たちの子どもは助かったかもしれない、と」

「康安先生……」

いつか、多恵が言っていた医者だ。

そう言えば、康安の医院はこの近くだ。

「そなたの住まいを教えてくれぬか」

「はい。駒込片町です」

女は縋《すが》るような目を向け、

「どうか、あのひとを殺した人間を見つけてください。あのひとの仇を討ってください」

女は何度もお辞儀をして現場を離れて行った。

剣一郎はひとりになって、改めて現場を見つめた。岸辺に波が打ち寄せている。もう、川岸には死体が置かれていたという痕跡はない。

時蔵は、康安のことを知っていた。ひょっとして、そこを訪ねたのではないか。しかし、時蔵が殺されたのはここだ。

時蔵はここで誰かと待ち合わせた。そう考えたほうが自然だ。康安の所からの帰りだとしても、こっちは逆の方向になる。

それとも、深川に遊びにでも行くつもりだったか。

剣一郎は、康安の所に行ってみる気になった。

来た道を戻る。医者康安の住まいは小網町二丁目で、こっちから行けば、思案橋の手前、鎧の渡し場を過ぎた横丁を入った、空き地の隣だ。

康安の医院の戸口は、薬を貰う患者で立て込んでおり、中の座敷にも大勢の患者が待っていた。

助手らしい若い男に身分を名乗り、手すきのときに少し話を伺いたいと申し入れた。

助手は康安のところに行き、すぐに戻って来た。

「あと四半刻（三十分）ほど、お待ちください、とのことでございます」

ここからでは診察している康安の姿は見えない。

「わかった。ここで待たせてもらって構わぬか」

「どうぞ」

剣一郎は患者が待っている座敷の隅に腰を下ろした。

一見して、貧しい身形《みなり》の年寄りが多い。中には、いい羽織を着た商家の旦那ふうの男もいるが、皆と同じように待っている。金がないばかりに助かる命も助からなかった例はいくらでもあるのだろう。だが、ここでは誰もが平等だ。金がある、ないは関係ない。そのことだけでも、剣一郎には目を見張る思いだった。

診察の部屋から出て来る患者の顔は晴々としている。苦しそうな顔でも、目は輝いている。そんな気がした。

だが、ここでの疑問は、この医院を続けて行くための金だ。患者から金をとれないのなら、どうやって金を調達するのか。

金のありそうな患者からはたくさんとるにしても、それだけでは間に合わないような気がする。後援する者がいるらしいが、その援助でやって行けるのだろうか。

そんなことを考えていると、さっきの助手が呼びに来た。

「先生はこれから往診に出かけます。その途次で話をお伺いしたいとのことですが」

「わかった。それで結構」

剣一郎は立ち上がった。

先に外に出て待っていると、四十近いと思える医者が、薬箱を抱えた供を連れて出て来た。眉が濃く、眦《まなじり》がつり上がり、いかつい顔をしているが、澄んだ目が印象的だった。

「康安先生だね」

「はい。申し訳ありません。お待たせした上に、このように歩きながら話をしなければならず」

気難しそうな表情とは違い、康安はさわやかな声で言い、

「ここまで来られない患者さんが何人かおりまして」

「いや、忙しいところをすまぬ」

　剣一郎は礼を述べた。

　康安は永代橋の方面に歩き出した。

「それにしても、先生はたいしたものだ。診察を終えた患者は皆、目を輝かせて出て来る。よほどの名医だと感服した」

　少しも大仰ではないと、剣一郎は言った。

「いえ。あれは気のせいです」

「気のせい？」

「いつの間にか、私が名医だという評判が立ちました。だから、患者さんもそのつもりで診察にやって来ます。その名医から心配いらないと言われれば安心します。その安心が、自然治癒力を活性化させてほんとうに病気が治って行くのです。まさに、病は気から、ですよ」

　康安は静かに笑った。

「先生は貧しい患者からは診療代をとらないときいたが、ほんとうなのか」

　剣一郎は並んで歩きながらきいた。

「まあ、ある時に払ってもらうということで、決してただで診ているわけではありません。正直なところ、お代はいただきたいのですが、ないところからとれませんので」

康安は軽く言う。

「失礼だが、そうだとすると、あれだけの医院をやっていくのは金銭面でたいへんなのではないか。助手もたくさんいるようだし」

「医は算術ではありませんから、うちにいる者たちはお金のことはあまりいいません。そうはいってもお金がかかります。それを維持していくにはお金がかかります。じつは、後援して下さるひとがいるのです。それで、私もやっていくことが出来るのです」

「そうであったか」

「基本的にはお金持ちの患者さんからはたくさんもらい、それを貧しい方に還元する。そういう姿勢なのですが、それではお金持ちの患者さんに負担をおかけしてしまうことになります。ですが、よくしたもので、そういうお金持ちの患者さんの何人かが後援者になってくれるのです」

「なるほど」

北新堀町へ出てから日本橋川を湊《みなと》橋で渡った。

「ところで、私におききしたいこととは？　じき、往診先に着くのですが」

「あっ、そうであった。じつは、三日前、この対岸あたりで時蔵という男が殺された」

康安の表情が曇った。

「聞きました。酷《ひど》いことを」

「その時蔵という男は康安先生のところに現れたことはないか」

「さあ、私は記憶にありません。でも、どうして、そう思われたのですか」

「じつは、時蔵にも子どもがいたそうなのだ。その子が高熱を出し、医者に連れて行ったが診てもらえず、別の医者では高額な薬代を請求され、結局、その子は命を落としてしまった。それがきっかけで、時蔵夫婦は離縁してしまった。その後、別れた妻に再会した時蔵は、もし康安先生を知っていれば子どもを亡くさずに済んだと話していたということだ」

康安は立ち止まって目を閉じて聞いていた。

「金持ちだろうが、貧しかろうが、ひとの命の大きさは変わりない」

康安が目を見開いて叫ぶように言った。

「さぞ、無念だったことでしょう。でも、時蔵さんがお見えになったということはありません。もしかしたら、助手が応対しているかもしれませんので、帰ったら確かめておきましょう」

「よろしく、お願いいたす」

剣一郎は礼を述べてから、

「これから往診される患者たちは症状が重いのか」

「いいえ。お歳を召されていたり、ひとり暮らしで足元がおぼつかないという方だったり、そういう理由がほとんどです。ただ、ひとりだけ」

康安は暗い顔をし、

「ただ、おひとり、とても重い方がいらっしゃいます」

と、やりきれないように首を振った。

「引き止めては、先生を待っている患者たちにすまない」

「それでは」

一礼して、康安は去って行った。


その夜、剣一郎は『山膳』に行った。

徳二郎はまだ来ていなかったが、注文した酒が運ばれて来たときに、戸口に徳二郎が現れた。

その顔を見た瞬間、剣一郎はまたしても違和感を持った。春の日溜まりを感じなかったのだ。

「待っていた」

剣一郎は笑って迎えた。

目の前に腰を下ろした徳二郎は、もういつもの徳二郎に戻っていた。

何度か時蔵のことをきいてみたいという欲求にかられながら、そのたびに剣一郎は言葉を呑んだ。徳二郎との付き合いに仕事絡みのことを持ち込みたくなかったのだ。時蔵のことを話題にすれば、自分は与力としての顔を覗かすことになる。そうなれば、徳二郎との仲が変わって行ってしまうような気がしたのだ。

今、徳二郎と向かい合っている剣一郎は、青痣与力ではないのだ。もし、その気なら、徳二郎のほうから切り出すだろう。そのことを待つつもりになった。

「一さん。きょう、康安先生のところで一さんを見かけたよ」

しばらく酒を酌み交わしたあとで、徳二郎が言い出した。

「徳さんも康安先生のところに通っているのか」

「じつは、あっしのかみさんが康安先生の往診を受けているんだ。それで、ときたま薬をもらいに行っている」

「そうか。おかみさんは病気なのか。で、どうなんだね、病状は?」

「おさよって言うんだ」

剣一郎の問いかけには答えず、徳二郎は続けた。

「一さん。一度、おさよに会ってもらいたいと思っていたんだ。おさよに、俺の友達だと紹介したいんだ」

「俺もぜひお会いしたい。見舞いがてら、行こう。今からでもいい」

「ありがとう、一さん。その気持ちだけで十分だ。やはり、病人に会ってもしょうがない。一さんに、いやな思いをさせてしまうからな」

「何を言うんだ。徳さんのおかみさんならぜひ挨拶しておきたい」

「いや」

徳二郎は首を横に振った。

「やめておこう」

「なんだい、徳さん。言い出しておいて。徳さんらしくもない。俺はぜひ会いたいんだ」

徳二郎のことをもっと知りたいという思いもあり、剣一郎はさらに言った。

「じつは、うちの奴も徳さんに会いたいと言っているんだ。いや、だから、徳さんのおかみさんだって、亭主の友達という男に会いたいという気持ちを持っているはずだ。そうだろう」

「いいのかえ。病人を見て、いやな思いをするかもしれねえぜ」

「そんなことはない」

「わかった。じゃあ、これからでもいいかえ」

「よし。そうと決まったら、さっそく行こう」

残っていた酒を呑み干してから、剣一郎は立ち上がった。

もうお帰りですかと、小僧があわてて、奥から飛び出して来た。

秋の夜は長く、まだ宵の口である。だいぶ月の出が遅くなったが、今空が暗いのは雲がかかっているからだ。

伊勢町河岸に立ち並ぶ呑み屋の明かりが路上を照らしていた。

いつも徳二郎と別れる江戸橋の手前に来たが、今夜は徳二郎といっしょに荒布橋を渡った。

風は冷たくもなく、歩くにはちょうどよい。

やがて、徳二郎は堀江町の横丁を曲がり、長屋木戸に入って行った。

家々の腰高障子に明かりが映っている。幸せそうな家族の語らいの声が露地まで聞こえてきた。

徳二郎が立ち止まった。

「一さん、ここなんだ」

「うむ」

剣一郎は腰のものを抜き取って右手に持った。

徳二郎が戸を開け、先に土間に入った。剣一郎も続く。

奥の部屋から仄《ほの》かな有明行灯の明かりが手前の部屋に薄暗く射していた。そこに、妻女は寝ているのだろう。

「おさよ。友達を連れて来た。一さん、剣一郎さんだ。一さんを連れて来た」

奥に向かって声をかけ、徳二郎は剣一郎に上がるように勧めた。

「さあ、一さん。おさよだ。見てやってくれ」

「おじゃまする」

剣一郎は奥の部屋に入った。

そこに、痩せさらばえた枯木のようなものが横たわっていた。それは、もう物としか思えないような状態だ。だが、かろうじて、髪の毛や唇の形で、女の顔だと判別出来るようだった。

「おさよ、わかるか。一さんだ」

ふとんの向こう側から、徳二郎はおさよの髪をいとおしそうになでながら言う。それは、まるで健康な人間に対して言うのと同じだった。

そんな徳二郎につられたように、

「おかみさん。剣一郎です。はじめまして」

と、剣一郎は声をかけた。

行灯の弱い明かりが、おさよの顔をおぼろげに浮かび上がらせている。

「これが、あっしの女房のおさよ。こんな体になっちまって五年だ」

五年も看病を続けて来たのかと、剣一郎は驚きの目で徳二郎を見た。

「五年前、当時は横山《よこやま》町に住んでいた。あっしが呑んだくれて帰って来たとき、おさよは台所に立った。おそらく、あっしに水を飲ませてくれようとしたんだろう。瓶《かめ》から杓《ひしゃく》で水を汲もうとしたとき、頭が痛いと言ったあと、倒れたんだ」

徳二郎は拳《こぶし》を握りしめた。

「すぐに近くの町医者を呼びに行ったが、なかなか来てくれなかった。何度も頼んで、やっと来てくれたが、何もしないで引き上げてしまった。手遅れだということだった。諦められず、隣町の医者のところに飛んで行った。でも、もう遅いからだめだと、言われた。医者は酒を呑んでてね。そんなとき、長屋の誰かから、小網町にいい先生がいると聞いて、町木戸を開けてもらいながら夢中で飛んで行った。それが康安先生だった。まだ、三十半ばの先生だったが、遠くにも拘《かか》わらず、すぐやって来てくれた」

徳二郎はおさよに目をやってから続けた。

「先生が駆けつけたとき、おさよの意識はなかった。それを、康安先生は徹夜で治療を施してくれた。それから毎日のようにやって来てくれて、とうとう意識が戻った。でも」

でも、と徳二郎は声を詰まらせた。

「おさよは起き上がることも、体を動かすことも出来なくなっちまったんだ。口も満足にきくこともできない。でも、不自由な口で、呂律《ろれつ》のまわらない声で、あっしに言うんだ。ごめんなさい、おまえさんに何もしてやれなくなって、ごめんなさいって」

徳二郎は洟《はな》をすすり、

「おさよが倒れたのも皆、俺のせいなんだ。毎晩酒を呑み、博打で金を使い果たし、それを補うために、おさよは昼間は料理屋で働き、夜は仕立ての内職までしていた。働き過ぎだったんだ。あっしさえ、しっかりしていれば、おさよはこんなことにならなかったんだ。

あっしはやっと目が覚めた。もう、おさよは寝たきりの生活しか出来ない。だったら、今度はあっしがおさよを支えていこうと。それで、住まいもここに替えたんだ。康安先生のところに近い場所に」

剣一郎は唇を嚙み、込み上げてくるものを抑えた。

「それからの、あっしの暮らしは今までと一変した。親方に頼んで、住まいで仕事をさせてもらい、いつもおさよの傍にいるようにした。飯の支度、おさよに飯を食べさせ、体を拭いてやったり、洗濯したり。

知り合いの中には、別れたほうがいいという者もいたが、あっしにはそんな気は一度も起きなかった。不思議に思うかもしれないが、あっしはおさよの看病をし、面倒を見ているのが楽しくてならなくなったんだよ。

おさよは声をかければ微かに目で反応し、体を拭いてやれば、気持ちよさそうな表情をする。髪を梳いて、唇に紅を差してやると、うれしそうな顔をする。所帯を持って、はじめて夫婦なんだと思えるようになって来たんだ。こうなってみて、はじめておさよと心と心で結び合ったような気になったんだ」

それまでは、職人としての腕を過信し、傲慢だったと、徳二郎は言う。だが、酒を呑み、博打をするのも、常に何かが不足していたからなのだ。いい腕があったとしても、自分のしたい仕事とは違う。もっといい仕事がしたい。だが、それが何かわからない。そんなもどかしさが酒と博打に向かわせていたのだと、徳二郎は唇を嚙みしめる。

だが、おさよが倒れてから、徳二郎は目が覚めたように、ひとが変わった。おさよといっしょに生きている。そういう手応えが摑めたのだという。それは康安の姿を通して育《はぐく》まれたのかもしれないと、徳二郎は語った。

「おさよが倒れた夜、康安先生は徹夜で治療をしてくれた。その姿が神々しくさえあり、おさよに血色が戻ったときには今までに経験したことのない感動を味わったんだよ。ああ、あっしはおさよに感謝しているんだ。今、毎日が楽しいんだ。おさよの世話をするのが楽しいんだ。生きているということの素晴らしさを、おさよが教えてくれたんだ」

徳二郎は目を輝かせ、

「そうなってきて、あっしははじめて自分の思うような仕事が出来るようになったんだ。あっしの考案した図柄は新鮮だと好評なんだよ。おさよを看病していくうちに、大仰に言えば、開眼したんだ。だから、今、あっしが仕上げた品物はあっしひとりのものじゃない。おさよとふたりで生み出したものなんだ」

徳二郎の表情はほんとうにうれしそうだった。

「去年あたりからだ。『山膳』に行くようになったのは……。そこで、一さんと知り合えた。皆、おさよのおかげなんだ」

そこまで言って、徳二郎は言葉を切った。

「一さん、外に出ないか」

徳次郎が腰を浮かせて言った。妻女の前では言えないことがあるようだった。

外に出ると、徳二郎は寂しそうな目で言った。

「じつはもう、おさよとも別れなきゃならない。お迎えが近づいているんだ。だんだん食べものが食べられなくなり、今では重湯さえもだめ。康安先生にもらう生薬などで栄養をとってきたが、それも限界に近づいているんだ」

「徳さん」

呼びかけたものの、剣一郎はなんと言葉をつないでいいのかわからなかった。


翌朝、剣一郎は剣之助を連れて湯屋に行った。

渋っていた剣之助は、いやいやながらついてきた。以前は喜んでついてきたものだが、子どもが成長するというのはこういうことなのかと、寂しさを覚えた。ふと、剣之助が別人のように思えることもあるのだ。

元服し、剣之助は奉行所に見習いとして出仕するようになった。見習いといっても、見習いより格下の無足見習というもので、奉行所の雑用係に過ぎない。

それでも、仲間が出来、悪い遊びを覚えるようになった。悪所に出入りするなというのではないが、少し度が過ぎるようだ。

湯屋の女湯に入る。男湯からは客の声がするが、女湯は誰もいない。八丁堀の与力、同心は女湯に入ることが許された。だから、女湯には刀掛けが用意されていた。

男は朝風呂が好きで、男同士が湯船に浸かりながら世間の噂をする。それを女湯から聞いて世情に明るくなっておくことが必要ということからだが、与力が女湯に入っていると知れば、男湯の客は噂話を中止してしまうだろう。だから、剣一郎はこれも与力の役得の一つに過ぎないと思っている。

「剣之助、いつもどこに行っているのだ？」

湯船に浸かりながら、剣一郎はきいた。

「深川です」

「仲町か」

深川には、永代寺門前仲町、単に仲町というが、ここと、俗に土橋と呼ぶ東仲町が高級で、他に表櫓《おもてやぐら》、櫓下《やぐらした》、などの岡場所がある。

「佃《つくだ》町です」

「なに、佃町？」

佃町は下級の岡場所だ。

「ずいぶん安いところで遊んでいるのだな」

「お金がないですから」

俺も場末の娼妓と遊んでいたものだと、剣一郎は昔を思い出した。

「面白いか」

「はい」

動じることなく、剣之助は答える。

「ところで、なんとかいう娘とはどうした？　ほれ、なんと言ったか、武家の……」

「お志乃さんですか」

「そうだ。お志乃さんとはどうした？」

「会っていません」

「会っていない？　どうして？」

「なんとなく」

「それから、女太夫の何とかという娘はどうした？」

「とんと」

あんまりあっさり答えられると、次の言葉が出にくい。なんとなく会話が嚙み合わないようだ。

舌鋒《ぜっぽう》鋭く迫れないのも、ゆうべの徳二郎の妻女のことが頭から離れないせいもある。

やはり、妻女のことは衝撃的だった。と、同時に徳二郎の生き方に感動さえ覚えた。その余韻が、剣一郎の心から激しさを失わせているようだ。

「剣之助、一度、父もそこに案内してくれないか。およしという女を見てみたい」

「およしですか。あれは詰まらん女です」

妙に、大人びた言い方をした。だが、その言い方で、だいぶ入れ揚げているな、という感じがした。

三

その日の午後。木戸の外まで、徳二郎は康安先生を見送った。

「きょう、明日ということはないと思うが、もったとしてもひと月」

康安が静かな口調で言った。以前の見立てより悪くなっていた。

「ひと月……」

胸の底から突き上げてくるものを懸命にこらえた。

「徳二郎さんはよく面倒を見てあげた。これだけ生きられたということは奇跡としかいいようがない」

「はい。あっしもそう思っております。これも先生のおかげです」

「いいえ。徳二郎さんの愛情だよ。それが、おさよさんの生きようとする力の支えになっていたのだ」

「先生、ありがとうございました」

「まだ、残された日数がある。悔いのないように、看病してあげることだ」

そう言って、康安は引き上げて行った。

徳二郎は家に戻った。

おさよは静かに休んでいた。さっきまで、あんなに荒かった呼吸も、康安の処置で安らかになっていた。

だが、康安の言い方では、とっくに死んでいてもおかしくない状態らしい。

この一年以上、おさよはまったく言葉も発することが出来ず、意思を表示することも出来なかった。だが、それでも、徳二郎は心と心が結び合っていた実感がある。

ゆうべ、はじめておさよに剣一郎を会わせた。きっと、おさよも喜んでくれたに違いない。おまえさん、いいお友達が出来てよかったわね。そう思ってくれていると確信している。

しばらく、おさよの手を握っていた。熱のせいで、熱いほどだったが、今はふつうの温かさに戻っていた。

「おさよ。じゃあ、出かけて来るから」

呼びかけても反応はない。そのことを承知しながら、徳二郎は常におさよに声をかけていた。

徳二郎は横山町の親方のところに出向いた。

「おう、徳二郎か。さあ、こっちへ来い」

鬢《びん》にめっきり白いものが目立つようになった親方は仕事の手を休め、徳二郎を居間に通した。

お内儀さんが茶をいれてくれた。

「どうだね、おさよの様子は？」

「昼前に発作を起こしました。康安先生の話だと、あとひと月はもつまいという見立てでした」

「そうか」

親方はしんみりし、

「そんな状態じゃ無理だな。いや、もういいんだ」

「親方。何を？」

「じつは、ある大名の用人から、若殿への贈物に、刀剣の鍔《つば》の装飾を頼まれたんだ。それを出来るのはおめえしかいねえ。だから、おめえの様子を確かめたのよ。いや、こいつは断るしかねえ」

「親方。もし、ひと月先からはじめてもよろしいならお引き受け出来ますが」

それは、おさよが死んだあとなら仕事に専念出来ると言っているのと同じであり、徳二郎の胸に抉《えぐ》られるような痛みが走った。

「先方が、それでもいいと言ったら、やってくれるか」

「はい」

恩ある親方の頼みを断ることは出来なかった。

「ただ……」

徳二郎は言い淀《よど》んだ。

「おさよがいなくなったあと、あっしは自分がどうなるのか、見当もつかないんです。情けないとお思いでしょうが……」

「よそう。そんときはそんときだ。なんだか、不幸を前提に物事を考えているようで、気が引けるぜ。徳二郎、勘弁してくれ」

親方は渋い顔で頭を下げた。

「いえ、とんでもない」

「しかし、徳二郎。おめえが職人として一流の仕事をすることは、おさよさんの願いでもあるんだ。そのことだけは忘れるんじゃねえ、わかったな」

「はい。ありがとうございます」

徳二郎は親方夫婦の親身の言葉に胸を熱くした。

それから、徳二郎は仕事の邪魔にならないように、かつての朋輩たちに遠慮した挨拶をしてから、親方の家を辞去した。

どの道を帰るか、迷ったが、浜町川沿いから芝居町のほうへ向かおうと決めた。

浜町川を走る小舟が徳二郎を追い抜いて行く。年寄りの船頭が竿を使っていた。その舟から岸に目を戻したとき、向かいから歩いて来る女が目に入った。三十前の大年増だが、水商売らしい垢抜けた雰囲気がある。

おやっと思った。知っている顔だが、すぐには思い浮かばない。

だが、向こうでも、気がついたのか、女は目を見開いた。あっ、と徳二郎は思い出した。屋台のおでん屋で会った、おまきという女だ。

「偶然ね。まさか、徳二郎さんに、こんなに早く再会するとは思わなかったわ」

おまきが近づいて来て言う。

「ほんとうだ。おまきさんはこれからどこに行くんだね」

「ちょっと野暮用さ」

「ふうん、いいひとにでも会いに行くのか」

「まあ、そんなところだね」

「これで二度目だ。もし、今度会ったら、ゆっくり酒でも呑もうか」

別に本気で言ったわけではなく、挨拶程度のつもりだった。

「いいわね。じゃあ」

「ああ、気をつけてな」

すれ違って別れたあと、徳二郎は何気なく振り返った。微かな香りを感じたのだ。おまきの白粉《おしろい》の匂いだろうか。

またも、疑惑が頭をもたげた。

おでんの屋台で知り合い、しばらくいっしょにいたが、この香りを感じなかった。なぜ、きょうは匂いを感じたのか。きょうは、特別に鼻が敏感だったというわけではない。

市兵衛の部屋では香が焚かれていた。おでんの屋台のときにはまだその香りが体に残っていたのではないか。だから、徳二郎は匂いに気づかなかったのだ。おまきの体に香の匂いが染みついていた可能性は高い。

おまきはだいぶ先を歩いていた。徳二郎はすぐにあとを追い始めた。おまきが七福神一味の弁財天かどうか。

お互いに相手の詮索をするのは厳禁、だと市兵衛は掟《おきて》として念を押していた。だが、やはり、お面の下の顔は気になっている。寿老人の男ではないかと思われた男が何者かに殺されたとあっては、よけいに気になる。

おまきは、まっすぐ堀沿いを進み、狭くなった堀が西に直角に曲がっても、さらにそのまま柳原《やなぎわら》の土手のほうに向かった。

おまきは新《あたら》シ橋を渡り、向柳原《むこう》を抜け、築地《ついじ》塀の武家屋敷の並ぶ中を進み、三味線堀を過ぎてから、組屋敷に入って行った。

道の両側に冠木門の小さな屋敷が並び、板塀や生垣で道や隣家と仕切られている。

おまきは、そのうちの一軒の屋敷に入って行った。御家人の屋敷であろう。

やがて、おまきが入って行った家に、商家の主人らしい男が入って行った。しばらくして、その男が出て来た。

稲荷《いなり》町のほうに向かう男のあとをつけて、徳二郎は寺の山門の前辺りで声をかけた。

「突然、声をかけて申し訳ありません」

男は警戒した。

「さっき旦那さんが入って行ったお屋敷のことで、ちょっとお伺いしたいことがございましてね。いえ、決して怪しいものではございません。じつは、お恥ずかしい話ですが、あっしは、おまきという女の……」

「おまきさんの？」

「へえ。おまきをご存じですか」

「知っていますとも」

ようやく、ひとのよさそうな主人は警戒を解いたようだ。

主人は酒屋だと名乗った。

ふたりで、山門の横に移動し、

「ときたま、おまきはどこかへ出かけております。いったい、どこへ行くのかと、きょうはあとをつけてきたら、さっきの屋敷に入ったというわけでして。なにしろ、あっしはおまきといっしょになってまだ半年足らずでして、あいつが以前、何をやっていたのか、まったく知らないもので、つい勘繰ってしまうのです」

おまきの亭主だと誤解しているらしいことを幸いに、徳二郎は話を聞き出そうとした。

「そうですか。それは気になりますね。いいえ、おまきさんは決してそんなひとじゃありませんよ」

「じゃあ、色恋じゃねえんですね」

「そうですよ」

主人は笑いながら、

「あそこは御徒組《おかち》の藤木平左衛門《ふじきへいざえもん》さまのお屋敷です。おまきさんは以前、あそこで女中奉公をしていらしたのですね。三年ほど前に辞めたのですが、ときたま、奥さまをお訪ねになっているようです」

「そうだったんですかえ」

「じつは、奥方さまがご病気になって暮らしが苦しくなって、お嬢さまが……」

主人は言い淀んだ。

「お嬢さまがどうかしたんですかえ」

「まあ、どうせ、あとでおまきさんに聞けばわかることですから、いいでしょう。じつは、家を助けるためにお嬢さまは吉原に身売りをなさいました」

「なんですって。お侍のお嬢さまが吉原に」

旗本、御家人の暮らしは厳しいと聞いていたが、そこまでしなければならない状況なのかと、徳二郎は痛ましい思いがした。

「札差《ふだきし》やいろいろな商家の借金を踏み倒して迷惑をかけるような真似をするなら、娘を吉原に売ったほうがよいと、平左衛門さまは苦渋の決断をされたそうです」

男が顔をしかめて続けた。

「殿さまも、なんとかお嬢さまを苦界《くがい》から救い出してやりたいと思っているようですが、奥さまはなかなかよくならず、一年の大半は寝ている状態なので、毎日の暮らしに追われて、お嬢さまのことどころではないようです」

「失礼ですが、旦那さんはきょうはどんな用事で?」

「じつは溜《た》まっている分を払うからとりに来るようにとの知らせがあって、参上したわけです」

「で、ちゃんともらって来たのですか」

「はい。頂きました」

おまきが援助しているのかもしれないと思った。

「もう、よろしいでしょうか」

「あっ、お忙しいところをお引き止めして申し訳ございませんでした」

酒屋の主人と別れ、徳二郎は再びさっきの場所に戻った。

藤木平左衛門の屋敷の前を何度か素通りした。

おまきは、元の主家のために七福神一味に入ったのだろう。市兵衛はどうやっておまきのことを知ったのだろうか。

おまきを待つつもりだったが、いつ出て来るかもわからず、それよりおさよが心配なので、家に戻った。

おさよは落ち着いて眠っていた。

四

八月も残すところ、あとわずかだ。七福神一味は必ず近々動きを見せるはずだ。

今度、またどこかが狙われたら、奉行所の威光に関わる。なんとしてでも、六度目の犯行を阻止しなければならない。

その日、剣一郎は例繰方の部屋で、書庫から過去の事件記録を調べていた。鮮やかな手口、それに七福神の面を被り、盗む金も被害者の負担にならないような額に絞っている。

かつての押し込み事件の中で、未解決のものや、一味すべてを捕らえ切れなかったものなどを調べていくうちに、剣一郎の目に留まったものがあった。

それは五年前から、江戸を荒らし回っていた、五人組の押し込みの一味だ。この中に、元屋根葺《ふ》き職人の男がいた。

軽業師も敵《かな》わないぐらい身の軽い男で、どんな高い塀でも、高い屋根でも平気で乗り越えたり、上ったり出来た。むささびの忠次《ちゅうじ》という異名をとった盗人だった。

三年前のある日、忍び込んだ屋敷で、火付盗賊改めの同心たちの待ち伏せに遭い、仲間は捕まったり、殺されたりしたが、忠次だけは逃げた。

だが、忠次は火盗改めの同心の刃にかかり、相当な深手を負ったのだ。忠次を斬った同心も、おそらく生きてはいまいと、述べていた。その後、盗人仲間の中から、むささびの忠次が、そのときの傷が元で死んだという噂が流れた。なにしろ、頭を斬られたまま逃亡したという壮絶なものだったらしい。

事実、それきり、むささびの忠次が現れることはなく、どこぞで死んだということになった。

なぜか、この忠次に目がいった。死んでいるはずなのに、なぜ、この忠次のことが気になったのか。

やはり、七福神一味の鮮やかな屋内侵入にひっかかりを覚えているのだ。塀を乗り越え、屋根に上がる。そして、屋根から屋内に入り込む。忠次のような、元屋根葺き職人にはお手の物のような気がした。

だからといって、死んだ人間を生き返らせることは出来ない。

忠次は死んだのだ。だから、七福神一味に忠次がいるはずはない。そう思う一方で、なぜか忠次のことが頭から離れなかった。

書類をめくっていて、その理由に行き当たった。

それは、忠次の死体が見つからなかったという記録だ。忠次の死体が見つからないことと、生きているということとは別だ。

だが、もし、深手を負った忠次が康安と出会っていたら……。

剣一郎は思い立って席を離れた。

翌二十六日の昼過ぎ、剣一郎は永代橋を渡って大川沿いを上流に向かい、仙台堀を渡って、小名木川に突き当たると、今度は小名木川沿いを高橋《たかばし》に向かった。

黒い雲が出て来て、空が少し薄暗くなってきた。だが、西の空は明るいので、雨の心配はないようだ。

高橋の近くに、小料理屋の『みよし屋』の軒行灯が見えてきた。

笠《かさ》をとり、剣一郎は戸障子を開いた。

小肥《こぶと》りの女が、いらっしゃいまし、と元気のいい声を上げた。

「筧供十郎《かけいきょうじゅうろう》どのはいらっしゃっているか」

「はい。お二階でお待ちでございます」

刀を鞘《さや》ごと抜き、右手に持ち直して、剣一郎は女のあとについて梯子段を上がった。

筧供十郎は火付盗賊改方の与力であり、いつぞやの事件のとき、ここでふたりで会ったことがある。ここは、筧供十郎の贔屓《ひいき》の店だった。

「お見えでございます」

そう言って、女は障子を開けた。

筧供十郎はごつい顔の男で、悪人さえ震え上がりそうな容貌をしている。まだ、四十前だが、五十歳ぐらいの貫禄を見せている。

「おう、青痣与力。久しぶりだな」

猪口を持ったまま、筧供十郎は豪快に笑った。

「その節はお世話になりました」

「まあまあ、固いことは抜きだ」

筧供十郎はもうだいぶ呑んでいるようだ。

「さあ、一献」

剣一郎は、筧供十郎の酌を受けた。

「ところで、急の呼び出しだが、何かあったのかね」

何気ない言い方だが、目は探るように鋭い。

「ちょっと、教えていただきたいことがありまして」

「なにか」

「三年前まで、江戸を荒らし回っていた五人組の盗賊のことです。火盗改めが壊滅させたそうですが、その一味の中でただひとり逃した男がおりましたね」

「むささびの忠次のことか」

筧供十郎の目に戸惑いの色が浮かんだのは、予想した質問と違ったからだろう。おそらく、七福神一味の事件のことでも持ち出すと思っていたのであろう。

「懐かしい名前を思い出させてくれるな」

「むささびの忠次はほんとうに死んだのでしょうか」

「死んだのかだと？　なんだ、青痣与力は忠次の死を疑っているのか」

筧供十郎は呆《あき》れたように言う。

「奴は押し込みに失敗し、隠れ家に何とか逃れた。妾《めかけ》が、医者を呼びに行ったんだ。大金を積んで隠れ家に連れて来た。手当てをして、医者は帰された。だが、その医者は奉行所に届けたんだ。それで、患者がむささびの忠次だとわかった。その医者は、もうもたないと言ったのだ。腕のいい医者が匙《さじ》を投げたのだ。医者の知らせで、隠れ家を探し当てて踏み込んだときはもぬけの殻だった。おそらく、忠次は死んで、亡骸を寺に運んだあとだったのだろう」

「死体は見つからなかったのですか」

剣一郎は死体のことを気にした。

「そうだ。しかし、近所の者が大八車で何かを運ぶのを見ていた。おそらく、忠次の死体をどこかに移しかえたのだろう」

話しながら、筧供十郎はしきりに手酌で酒を呑んでいた。

相当呑んでいるようだが、まったく顔に出ない。

「そんな昔の盗人のことを詮索しているより、七福神一味の探索のほうが重要ではないのか」

「はい」

「今じゃ、七福神は義賊だ。江戸中の者が、次の押し込みを待ち望んでいる。なんとかしなければならんぞ。そっちのほうはどうなんだ?」

「いえ、いっこうに手掛かりがありません。筧さまのほうはいかがですか」

「火盗改めのほうもだめだ」

その顔つきは、ほんとうに困っているようにも思えた。だが、いくらか余裕が見られるのは、七福神一味の捜査は火盗改めの仕事ではないという意識があるからかもしれない。これが、押し込み先で何人ものひとを殺傷したというものなら火盗改めも必死になるが、義賊と讃《たた》えられるような盗人にはどこか他人事《ひとごと》のようだ。

「忠次に女がいたということですが、その女はどうしたんでしょう」

剣一郎はなおも忠次に拘《こだわ》った。

「消息は聞かないな。確か、櫓下の娼妓だったはずだ。昔の朋輩《ほうばい》にきけば、消息はわかるかもしれないな」

「名前は？」

「名前か」

筧供十郎は小首を傾げ、

「確か……、そうだ、おはんという名だった」

「おはんですね」

「いったい、むささびの忠次がどうしたって言うのだ。まさか、七福神一味に関係しているんじゃないだろうな」

そう言いながらも、筧供十郎は懐疑的な表情だった。むささびの忠次の死を疑っていないのだから、納得出来ないのだろう。

「いえ、そっちは別の用件です。実は資料をまとめていて、忠次の項目が不十分なので、補っておこうと思っているのです」

剣一郎の口実を、筧供十郎は疑わしく聞いていた。

五

その日の夕方、すなわち八月二十六日の夕方である。奉行所から帰宅し、着替え終えたあと、剣一郎は多恵と向かい合っていた。

剣之助のことで何か言うのかと思ったが、多恵が口にしたのは徳二郎のことだった。

「おさよさんがいなくなったら、徳二郎さんはどうなるのでしょうか。それほど、心と心で結びついていたふたりが引き裂かれるのですもの。ひとりぽっちになった徳二郎さんが心配ですわ」

徳二郎とおさよのことは、多恵にも話してある。ふたりのことで感動した剣一郎は、多恵に話さずにはいられなかったのだ。

「そうだな。ことに、この一年は口を開くどころか、意思表示さえ出来なかったそうだ。

それでも、徳さんはおさよさんにいつも声をかけ、語りかけていたそうだ」

そういう友と出会えて、俺も幸せだと思いながら、徳二郎に対する疑惑が水が染み込むように剣一郎の胸に広がってきた。

「何か、気になることが、おありのようですね」

剣一郎の顔色から、何かを感じ取ったらしい。

徳二郎への疑念を話そうか、迷っていると、若党の勘助がやって来た。

「文七《ぶんしち》さんがお見えです」

今夜、来るように呼びつけておいたのだ。

「庭に通してくれ」

剣一郎は言い、立ち上がった。

言いそびれたと思ったが、剣一郎は縁側に出た。

すでに、文七が縁側の近くで待っていた。

「ご苦労」

「へい」

普段は小間物の行商をしているが、剣一郎の手足となって働いてくれる男だ。多恵が、剣一郎のためにつけてくれた男で、多恵の父親との縁らしいが、剣一郎は詳しいことは知らない。また、きこうともしなかった。

剣一郎は片膝《かたひざ》ついて、

「五年前、むささびの忠次という身の軽い盗人がいた。忠次は押し込みの失敗で、火盗改めに斬られ、逃げ果《おお》せたものの、その傷が元で死んだということになっている。だが、ほんとうに死んだのかどうか、確かめたい。そのために、情婦だった、おはんという櫓下の娼妓を探し出して欲しい」

「おはん、ですね。わかりやした」

それだけ聞いただけで、すべてを理解して、文七は庭の暗がりに消えて行った。

それから、剣一郎は『山膳』に行く支度をした。

「行ってらっしゃい」

娘のるいが見送ってくれた。

剣一郎は逸《はや》る気持ちを抑えながら、屋敷の門を出た。

ゆうべ、とうとう『山膳』に行けなかったので、今夜は早めに行って待っていたかったのだ。

急ぎ足で、『山膳』にやって来た。まだ、早いせいか、客がいなかった。

「口開けか」

小僧に言い、剣一郎はいつもの席についた。

その頃、徳二郎は押入の天井板を外して、福禄寿の面と黒い着物を包んである風呂敷包を取り出した。

この姿を、いつもおさよは見ていた。もっとも、おさよは何もわからないだろう。

徳二郎はおさよの傍にしゃがみ、

「じゃあ、おさよ。行ってくる。俺が帰って来るまで、ちゃんと待っているんだぜ。いいな」

と言い、おさよの手をとったが、その手がいつもより熱いような気がした。

額に手をやる。少し熱があるのだろうか。しばらく、手を当てていたが、いつもこんなものだったような気もしてきた。

「じゃあ、行ってくるからな。ちょっと遅くなるかもしれない。その代わり、明日は一日、傍にいてやるからな」

後ろ髪を引かれる思いで、徳二郎は立ち上がり、土間に向かったとき、「おまえさん、ありがとう」という声を聞いた。

はっとして振り返った。

おさよの傍に駆け寄ったが、おさよはさっきと同じように目を閉じて寝入っていた。

気のせいか。徳二郎はおさよの髪をなでてから立ち上がった。

永代橋を渡って行くうちに、さっきの声が生々しく蘇って来た。

「おまえさん、ありがとう」

ほんとうに、その言葉を聞いたような気がしてきた。

未練を断ち切るように、徳二郎は市兵衛の家に急いだ。

永代橋を渡ると、冷たい風が橋の下から吹きつけてきた。かなたの町の灯を見て、『山膳』を思い出した。

ゆうべ剣一郎はやって来なかった。きょうは来るかもしれない。だが、今夜は、俺が行けないのだ。

ふと、剣一郎が与力だということを思い出した。だが、犯罪に関わるのは定町廻り同心であり、その下についている岡っ引きや手下だ。

剣一郎は今回の件に直接関係しているわけではない。そう自分に言い聞かせて、市兵衛の家に急いだ。

市兵衛の家に近づくと、いつものように、門の脇に喜八が待っていた。

「すみません。今しがた、寿老人が入って行きました」

徳二郎は一瞬、聞き違えたのかと思った。

北新堀河岸で殺されたのは寿老人の面をつけていた男のはずである。

かち合わないように、しばらく待たされたが、時間を見計らった喜八の合図で、徳二郎は裏口から入った。

いつもの納戸のような部屋で、着替えて福禄寿の面をつけた。

奥の部屋に行くと、市兵衛を真ん中に、五人が揃っていた。徳二郎は一番最後だったようだ。

素顔を晒している市兵衛の脇に恵比寿の面。毘沙門天、弁財天、布袋、そして、寿老人がいた。

徳二郎は覚えず声を上げそうになった。寿老人がいるのだ。殺された男は寿老人と別人だったのか。あるいは、ここにいる男のほうが今までの男とは違うのか。その判別はつかない。

徳二郎が布袋の隣に腰をおろすと、一同を見回してから、

「全員、揃いましたね」

と、市兵衛が口を開いた。

「これから、手筈《てはず》どおり、舟で築地明石町《つきじあかし》まで参ります。そこから、河岸伝いに、南飯田町《みなみいいだ》まで。いつものように大黒天が町木戸を避けた道を調べてあります」

大黒天は喜八のことだが、今はここにいない。舟の準備をしているのだ。

「舟の中は少し不自由でしょうが、我慢を。では、そろそろ出立しましょう」

市兵衛はおもむろに言った。

すでに、喜八が裏に舟を寄せてあった。

順次、乗り込む。舟には適度な荷が積んであり、その陰に隠れるように腰を下ろす。

徳二郎の横に、弁財天がいた。この女はおまきかもしれないと思っているが、その証拠はない。

素顔で、羽織姿の市兵衛が荷の見張りをしているという体《てい》で、喜八が船を漕ぐのだ。

舟が静かに動き出した。喜八の巧みな竿捌《さおさば》きで、舟は岸から離れた。汐《しお》の香りが、強く漂って来る。

皆、一声も発しない。徳二郎は、寿老人の男の声を聞きたかった。語尾を伸ばす癖があるかどうか。それを知りたかったが、寿老人はじっと川の闇を見つめていた。

舟が大川を斜めに横断するように波に揺れながら進み、やがて石川島《いしかわじま》が闇の中に見え、だんだん岸に近づいて行った。

剣一郎のことを思い出した。今頃、『山膳』で待っていることだろう。俺が行かなかったから、がっかりしているに違いない。

(すまないな、一さん)

心の内で謝ったが、舟が築地明石町の桟橋に近づくと、徳二郎は頭から雑念を振り払うように下腹に力を入れた。


暖簾が揺れるたびに、剣一郎は戸口を見るが、そのたびに落胆した。

もう一刻(二時間)近く経つ。おそくなっても、あわてて駆けて来るような気がしたり、今夜はもう来ないのではないかと諦めかけたりしていた。

最近は、徳二郎と会う機会がめっきり減っている。

「きょうは来ないようですね」

小僧がそう言って、空いた徳利を片づけて行った。

五つ半（九時）まで待ったが、徳二郎は来なかった。ふと、妻女のことが剣一郎の頭を過《よぎ》った。何かあったのではないか。

妻女の余命は幾許《いくばく》もない。剣一郎の目にも、もう死期が迫っている、いや、とうに死んでいるのではないかとさえ感じられたほどなのだ。

徳二郎は今、ひとりで妻女の死と向き合っているのではないか。だから、来られないのではないか。何とか力になってあげたい。

いったん、そう思うと、悪い想像が広がり、剣一郎は『山膳』を飛び出し、徳二郎の長屋に急いだ。


忍び返しのついている塀を巧みに越え、布袋の面をつけた男は鮮やかに土蔵をよじ登り、母屋の屋根に飛び移った。

その軽やかな動きはとうてい素人《しろうと》のものではない。おそらく、この七福神の一味の中で、布袋だけは盗みを稼業にしていた男だと、以前から徳二郎は思っていた。

しばらくして、裏の戸が内側から開いた。六人はさっと中に滑り込むように入った。このときには、市兵衛が恵比寿の、喜八が大黒天の面をそれぞれつけていた。

雨戸が少し開いていた。屋根から屋内に侵入した布袋が開けたのだ。徳二郎は寿老人のことが気になったが、恵比寿、大黒天のあとに続いて廊下に上がった。

すでに頭に入っているのだろう、まっすぐ紙問屋『万屋』の夫婦の寝間に行きついた。

毘沙門天が刀を抜き、徳二郎は行灯に火を入れ、そっと襖《ふすま》を開けた。

物音に気づいたのか、寝ていた主人が目を開けた。その鼻先に、毘沙門天が刀の切っ先を突きつけた。

「静かに」

大黒天の喜八が落ち着いた声を出す。内儀が目を剝《む》いて飛び起きた。

たちまち、ふたりに猿ぐつわをかませる。

「七福神が喜捨を願いに参った。七福神が舞い込んで来た幸運を無駄にせぬように。さあ、土蔵の鍵を」

喜八はすっかり馴れていた。

主人がようよう立ち上がり、隣の部屋に入って行った。そして、薄暗い戸棚に向かってごそごそしていたが、やっと立ち上がった。

振り向いた主人の手に鍵が握られていた。徳二郎は主人に付き添うように庭に出て、土蔵に向かった。もうひとり付いてきたのは大黒天だった。

妻女も弁財天らの手で庭に連れ出された。

土蔵に着くと、主人に扉を開けさせた。

大黒天が中に入り、金を持って来た。

「五百両だけもらった」

主人夫婦を土蔵内に縛りつけ、

「よろしいな。朝まで、こうしていなさい。七福神を裏切ると、天罰が下りますぞ。お店の安泰を願うのなら、このまま」

大黒天の喜八がふたりに言った。

外に出てから土蔵の扉を閉めた。七人が集まるのを待って、市兵衛が先頭を切って裏口に向かった。


夜の河岸を走り、剣一郎は長屋に駆けつけた。

木戸を入り、寝静まった長屋の露地を奥に向かった。

徳二郎の家の前に立った。雨戸は片側は開いている。土間は暗いので、もう徳二郎は休んでいるのかもしれない。

そう思って引き返そうとしたが、胸騒ぎがしてならなかった。

剣一郎は意を決して腰高障子を叩いた。すると、隣から年配の女が顔を出し、

「徳さん。まだ、帰っていないんじゃないですか」

と、眠そうな声を出した。

「出かけているんですか」

「晩、遅くなるから、って」

「おかみさんは？」

「さっき、様子を見に行きましたけど、眠っていましたよ」

「そうか」

さっきからの不安が消えないので、

「すまんが、もう一度、おかみさんの様子を見に行ってもらえないか」

「ええ」

剣一郎に気圧《けお》されたように、長屋の女房が徳二郎の家に入った。

剣一郎もすぐあとに続いて土間に入った。すると、激しい息づかいが聞こえた。

「おさよさん」

女房が叫んだ。

薄暗い行灯の明かりの下で、おさよが苦悶《くもん》していた。

騒ぎを聞きつけ、他の住民も起きて来た。

「誰か、康安先生を呼びに行ってくれ」

剣一郎が叫ぶと、俺が行くと言って、誰かが駆けて行った。

剣一郎はおさよの傍に寄った。そして、おさよの枯木と思えるような腕をとり、その先にある枯葉のような手をやさしく握った。

長屋のひとたちが駆けつけて来た。

「おさよさん」

剣一郎は呼びかけた。

荒かった息づかいが治まっている。剣一郎ははっとし、

「おさよさん、しっかりするのだ」

と、大きな声を出した。

すると、唇が微かに動いたような気がした。剣一郎は夢中で耳を持って行った。

「おまえさん、ありがとう」

そう聞こえた。驚いて顔を見ると、おさよは安らかな顔をしていた。

そのとき、康安が駆けつけて来た。長屋のひとたちが、さっと場所を開けた。剣一郎も脇に移動した。

康安は厳しい顔になった。おさよの脈を診、心の臓に手を当て、康安は静かに首を横に振った。

徳二郎が長屋に帰ったのは真夜中だった。大川端で舟を下り、草の繁みで着替えをし、長屋の木戸をくぐったとき、路地にたくさんの人影があった。

胸騒ぎがし、徳二郎は自分の家に走った。

戸が開いていた。線香の香りが立ち込めていた。

「おさよ」

土間に入って、徳二郎は長屋の住人や大家たちがいるのを見た。

「あっ、徳さん。いったい、どこをほっつき歩いていたんだ」

大家が責めるように言った。

よろけるように部屋に上がり、徳二郎はおさよの寝ている部屋に行った。

おさよの顔に白い布がかけられていた。

「康安先生が駆けつけて来てくれたんだが、とうとういけなかった」

大家が沈んだ声で言う。

「おさよ」

すまねえ。ひとりで寂しかったろう。覚悟は出来ていた。それでも、いざ息を引き取ったとなると、胸が引き裂かれそうになった。

「おさよ、すまなかった。傍にいてやらねえで、すまなかった」

嗚咽をもらしながら、徳二郎は謝った。

「ちょっと苦しんでいたが、最後は静かに息を引き取った。ここにいる皆で、看取《みと》ってやった」

「皆さん、すみませんでした」

徳二郎が頭を下げたとき、ふとひとりの顔が瞼《まぶた》に残った。

「あっ、一さん」

徳二郎は剣一郎に気づいた。

「一さん、どうしてここに？」

「徳さんが来ないんで、ひょっとしておさよさんの具合でも悪くなったのではないかと思って来てみたんだ。そしたら、おさよさんが苦しがっていた」

「じゃあ、一さんが」

「そうだよ。青柳さまがすぐに長屋の者を起こし、康安先生のところに知らせに走らせたのだ」

大家が説明した。

「そうだったんですかえ。一さんが看取ってくれたんですか。ありがてえ」

徳二郎は心底そう思った。看取ってやれなかったことを後悔したが、剣一郎がいてくれたことが救いだった。

「じゃあ、私たちはこれで引き上げる」

大家が言うと、皆も腰を浮かせた。

「皆さん。ありがとうございました」

徳二郎は頭を下げた。

剣一郎だけが残った。

「徳さん。気を落とさないことだ。精一杯、看病してあげたんだ。おさよさんは喜んでいたようだ」

「ああ」

「いや、気休めなんかじゃないんだ。康安先生が来る前に、おさよさんがこう言ったんだ。おまえさん、ありがとうって」

あっと、徳二郎は声を上げた。出かけるときも、幻聴のような、その言葉を聞いた。

「息を引き取るときは、ほんとうに幸せそうな表情だった。おさよさんは幸せだった。徳さんのおかげでな」

「一さん。あっしは、おさよが傍で息をしてくれているだけでよかったんだ。だが、ときたま、おさよは意識もなく眠ったままで、これでほんとうに幸せだったのだろうかと迷ったこともあった」

徳二郎は涙を拭《ぬぐ》い、

「おさよを楽にさせてやろう。おさよを殺し、自分も死のうと思ったこともあった」

「よかったんだ。徳さんの愛情に包まれて、おさよさんは幸せだった」

「そいつはあっしのほうだ。おさよのおかげで、あっしは……」

嗚咽が堪えきれず、徳二郎はあとが続けられなかった。

第三章　友情

一

多恵の声を夢現《ゆめうつつ》に聞いていた。汐が引くように、その声が小さくなり、また寄せて来るように大きくなる。

頭が重かった。徳二郎の家から帰ったのは深更で、やはり、徳二郎の妻女の死に立ち合ったという衝撃で、神経が昂《たかぶ》って寝つけなかったのだ。

多恵の声がはっきり聞こえて、剣一郎は目を覚ました。まだ、夜が明けきっていないのではないかと思ったのは、空がどんより曇っていたからだ。

多恵は正装をしていたので、剣一郎は寝坊したのかと思ったが、そうではなかった。京之進が立ち寄ったというのだ。急用だという。

「今、何時か」

「六つ（六時）を四半刻（三十分）ほど過ぎた頃でしょうか」

何か起こったのだ。起こらなければ、京之進がこのように早い時間に訪れることはない。そして、何が起こったかは想像がついた。

「庭にまわってもらっています」

「よし」

剣一郎は寝間着のまま縁側に出た。

着流しに巻羽織の同心の身支度で、京之進が待っていた。

「待たせた」

「青柳さま。また、七福神にやられました」

「どこだ？」

「南飯田町の『万屋』という紙問屋です。明け方近く、小僧が厠《かわや》に起きて、雨戸が開けっ放しなのに気づいて大騒ぎになったそうです。主人夫婦は猿ぐつわをかまされ、後ろ手に縛られて土蔵に閉じ込められておりました。これから、『万屋』に向かいます」

また、押し入られたかと、剣一郎は拳を握りしめたが、すぐに気を取り直し、

「では、確かめてもらいたいことが一つ」

「はっ、なんでしょうか」

「一味の中に、寿老人の面をつけた男がいたかどうか」

寿老人の面をつけていたのは時蔵ではないかと思っている。

時蔵が一味のひとりだとしたら、ゆうべの一味の中に、寿老人の面をつけた男はいなか

ったことになる。

七福神一味が押し入った日にちは、一月十五日。二月二十六日、三月三十日、五月三日。七月十八日、そして、今回、八月二十六日だ。この日にちに特別な意味は見出せない。

時蔵が長屋にいなかったことがはっきりしているのは、このうちの三日間。あと一日は、いなかったようだという。最初の一月十五日の時点では、時蔵はまだ極楽長屋に戻って来ていないので、確認することは出来なかった。

最後の八月二十六日はすでに死んでいた。だから、ゆうべは六福神の可能性があった。

もっとも、時蔵に代わって別の人間が面をつけることもあり得るので、はっきり断定出来るものではないが、確認しておく必要があった。

「わかりました」

京之進が去ってから、剣一郎は胸の奥に冷たい風が流れ込んだような気がした。

ゆうべ、徳二郎が出かけていたことが気になるのだ。得意先の旦那に呼び止められて、酒を御馳走になって遅くなったと言うが、徳二郎から酒の匂いはしなかった。

朝餉《あさげ》が終わったあと、今度は文七がやって来た。


出仕すると、内与力の長谷川四郎兵衛が不機嫌そうに周囲に当たり散らしていた。

内与力は、今のお奉行、山村良旺《やまむらよしあきら》が赴任時に連れてきた譜代の家来であり、奉行が退任すればまた去って行く身分のものである。日頃、奉行譜代の家来の立場で、権威を笠に着ている長谷川四郎兵衛であるが、このままでは町奉行の威光に傷がつくと、うろたえているのだ。

剣一郎の顔を見ると、四郎兵衛は駆け寄って来て、

「青柳どの。また押し入られたな。今まで、いったい何をやっておったのだ？」

「はい。申し訳ございません」

「申し訳ないですむと思っていらっしゃるのか。情けないわ」

「はあ」

剣一郎は頭を下げたまま、他のことを考えていた。

今夜は、徳二郎の妻女の通夜だ。明日の野辺送りにもついて行ってやりたい。ひとりぽっちで、徳二郎も心細いだろう。

「よいか。今度が最後だ。もう、これ以上押し込みを成功されたら、誰かしらが責任をとらねばならない。よいな」

どうも、四郎兵衛は最悪の場合は、剣一郎に責任を押しつけて、自分たちの保身を図ろうとしているように思えてならない。

それにしても、四郎兵衛は、なぜ、こうも剣一郎を目の敵《かたき》にするのか。このことについ

ては、年番方の宇野清左衛門がこんなことを言っていた。

「そなたの父親は年番方のときに内与力を廃するように当時のお奉行に働きかけたことがあったのだ。奉行の威を借りて威張る者も多く、また内与力の禄米を与力十人分も負担しなければならない。このことへの不満をそなたの父が代弁し、内与力廃止に向けての意見書を作ったのだ。結局、それは通らなかったが、長谷川どのはそのことを知っていて、今度はそなたが同じことを言い出すのではないかと警戒しておるのだと思う。だから、なるたけ奉行所内でのそなたの地位をおとしめようとしているのではないか」

長谷川四郎兵衛がほんとうにそのような理由で剣一郎を疎《うと》んでいるのかわからないが、もし、そうだとしたら、ばかげたことだと、剣一郎は思う。

延々と続くかと思われた小言を適当に聞き流して、内与力の部屋を出ると、廊下に剣之助が立っていた。今の光景を見られたかと思ったが、

「お役目を少しは覚えたか」

と、剣一郎は毅然《きぜん》とした態度で声をかけた。

「はい」

剣之助は逃げるように去って行った。

父が叱責《しっせき》を受けている姿は、子どもにとってつらいものがあったのだろう。剣一郎は少し沈んだ気持ちになった。

文七との約束の時間が近づき、剣一郎は奉行所を出た。七福神探索のために、剣一郎は単独行動が許されていた。

永代橋を越え、八幡橋《はちまん》に行くと、すっと文七が現れた。

「こちらです」

文七は八幡橋を渡って行った。

むささびの忠次の情婦は、櫓下の『松竹屋《しょうちく》』という子供屋にいたという。深川では、女郎を子供と言い、女郎のいる家を子供屋と言った。

「『松竹屋』に、お滝《たき》という女郎がいますが、このお滝がおはんと仲がよかったそうです。むささびの忠次のことも知っていました」

文七が案内したのは、永代《えいたい》寺門前山本《やまもと》町で、火の見櫓の脇にある花街だ。

ここには料理屋六軒、子供屋十一軒がある。

文七は『松竹屋』に入って、お滝を呼んでもらった。

湯屋から帰ったばかりらしい女が出て来た。

「お滝さん。すまねえ。青柳の旦那だ。もう一度、おはんのことを頼む」

文七はお滝に言った。

お滝は文七に潤んだ目を向けた。

「いいよ。文さんのためだもの」

「おいおい、妙な言い方はよしてくれ」

文七があわてた。ゆうべは、このお滝を買ったものと思える。

「おはんの間夫《まぶ》だった忠次のことも知っていたそうだね」

「はい。苦み走った男でした。でも、死んだって聞きましたよ」

「うむ。で、その後、おはんには会っていないのだな」

「忠次さんに身請けされて櫓下を出て、それっきり。その後、忠次さんが死んだって聞きましたけど、こっちには戻って来なかったわ」

「今、どこにいるか、風の便りにも聞かなかったか」

「文さんから寝物語に頼まれたので、必死に思い出そうとしましたよ」

「おいおい、何を言うんだ」

文七があわてた。

「まあ、いいではないか。で、どうだったね」

剣一郎は文七をとりなす。

「ええ、思い出しました。当時、おはんさんのところに通いつめていた、ある商家の旦那が、今年の初めごろ、おはんを見かけたと言っていたんですよ」

「それは、どこで？」

「鉄砲洲の波除《なみよけ》稲荷の近くだそうです。お参りに来たのかもしれませんが。そうそう、おはんさん、男のひとといっしょだったそうです。また、新しい男のひとが出来たんだと思いましたよ」

お滝はふと好奇心に満ちた目で、

「いったい、おはんさんに何の用があるんですかえ」

と、きいた。

「いや、昔の事件の資料を作っているのだが、ちょっと漏れている部分があってな」

「それが忠次さんのことですね」

「そう。そのためだけ。だから、たいしたことではないんだが。話がきけるなら、そのほうがいいというわけだ」

「そうですか」

お滝は納得したのか、

「青柳さま、今度、ぜひ、遊びに来てください」

と、剣一郎に色っぽく迫った。

「いや。また文七が遊びに来るさ」

「えっ、そんな」

また文七があわてた。

子供屋を辞去して、すぐに文七が真顔で、

「奥さまには、今の女のことを内密に」

と、頼んだ。

「何か、拙《まず》いことでもあるのか」

「奥さまは、私がそういう遊びをしないと思い込んでいるようなんです。それを裏切るようなことは……」

「そうか。じゃあ、黙っておこう」

剣一郎は一の鳥居をくぐったところで、

「引き続き、おはんを探して欲しい。おそらく、鉄砲洲辺りで男と暮らしているような気がする。男は忠次かもしれない」

と、文七に言った。

「では、やはり、忠次は生きていたと？」

「医者が匙《さじ》を投げた傷だが、もし名医に当たったら……」

剣一郎は、医師の康安を考えていた。

徳二郎の妻女があそこまで生きていられたのも康安のおかげだという。もし、その康安が忠次の傷の手当てをしたら……。

待てよ。七福神一味のひとりかもしれない時蔵は康安のことを口にしていたのだ。七福神一味は、康安に何らかの関わりを持っている者たちだとみるのは、考え過ぎだろうか。

康安は貧乏人から金をとらない。どんな重症の患者に対しても全力で治療する。そのおかげで、どれほどのひとが命を助けられたか。

康安がそういう活動が出来るのも後援者がいるからだという。その後援者が七福神一味だとしたら……。

（まさか）

剣一郎は胸の辺りが苦しくなってきた。

またしても、徳二郎のことが脳裏をかすめた。

七福神一味が押し入った夜、徳二郎は家にいなかった。徳二郎の説明した不在の理由も、ほんとうとは思えない。

「青柳さま。いかがなされましたか」

厳しい形相《ぎょうそう》で黙りこくったままだったので、文七は驚いたようだった。

「文七。忠次が生きているか死んでいるか。すぐ、確かめられるかもしれない」

康安にきけば、はっきりするだろう。もし、剣一郎の考えたとおり、康安が忠次の命を助けていたのだとしたら……。

剣一郎は思案にくれて、そこに立ちすくんだ。

おさよの野辺送りが済んで、徳二郎はぽっかり心に穴が開いたように、虚《うつ》ろな気持ちになっていた。

二

おさよの死から五日経ち、徳二郎は長屋から出かけた。お世話になったひとたちへの挨《あい》拶《さつ》廻りをしなければならないと、ようやく行動を起こした。

まず、なんといっても康安先生だ。康安先生がいなければ、おさよはとうに死んでいたのだ。

この五年間、おさよと密着した暮らしを送ることが出来たのも、毎日のように往診をしてくれた康安先生がいたればこそだ。

小網町二丁目の医院は、相変わらず患者がいっぱいだった。

手の空いた隙に、徳二郎は康安のところに行き、これまでの礼を述べた。

「先生のおかげで、うちの奴も頑張ってこれました。今まで、ほんとうにありがとうございました。おさよも感謝しているはずです」

徳二郎は、おさよのぶんも礼を言った。

「いや。私の力ではない。徳二郎さん、おまえさんの思いが、おかみさんを頑張らせたのだ。よく、頑張った。おまえさんはほんとうに奇特なひとだ」

康安はやさしい眼差しで言った。

患者が待っているので、徳二郎はすぐ引き下がった。

助手にもお礼を言い、医院を引き上げようとしたとき、浪人者が入って来た。ときたま、見かける浪人だ。

無精髭を生やしているが、柔和《にゅうわ》な顔立ちの侍だ。

すれ違いかけたとき、ちょうど浪人が刀を鞘ごと腰から抜いたところだったので、たまたま徳二郎の目の高さに、刀の鍔《つば》があった。ふとその鍔に目がいったのは仕事柄か。鍔に波模様の彫が入っている。荒い彫で、まだ半人前の職人の仕事としか思えないが、飾りとしては面白いものだ。だが、このような鍔の刀を持っている侍をもうひとり知っていた。

毘沙門天の面をつけた侍だ。

外に出てから、しばらく待った。

それから間もなく、侍が薬の袋を持って出て来た。

侍が去って行くのを待って、徳二郎はもう一度、土間に入った。

手伝いの女が不思議そうな顔で、

「何か、お忘れものですか」

と、きいた。

「今、出て行った、ご浪人さん。どなたでしたか。落とし物をしたので、届けてあげたいのですが」

徳二郎は口実を言う。

「井関《いせき》さまですか。井関孫四郎《まごしろう》さま。奥さまが永の患いで、お薬をとりに来たんですよ」

「どこに住んでいるのか、わかりますか」

「深川佐賀《さが》町ですよ。ときたま、先生も往診に行っていらっしゃいますからね」

「どうも失礼しました」

徳二郎は辞去した。

妻女が患っているのは、俺と同じだ。

あの浪人者が、七福神の毘沙門天の面をつけた侍に間違いないような気がしてきた。


いったん、長屋に戻ったが仕事をする気にもなれず、そうしているうちに、またもおさよのことが頭に浮かんだ。

再び、徳二郎は長屋を出た。

北新堀町河岸を歩き、永代橋を渡って、やがて深川の万年《まんねん》町にある寺までやって来た。

山門をくぐり、寺務所で線香を買い求めた。

本堂の奥にある墓地に入り、おさよの墓の前にやって来た。毎日のように、ここに来ている。

悲しいまでに、澄んだ青空だ。九月に入り、一段と秋は深まり、柿の葉が色づいている。やがて、紅葉した木々も葉を落とし、冬を迎えるのだ。

白木の墓標の前に佇み、

「おさよ。ひとりでそっちに行っちまって、寂《さび》しくないか」

と、声をかけた。

「寝たきりになってしまったおめえの世話をすることで、俺は生きている手応えを持ったんだ。おめえが懸命に生きようとして呼吸をし、瞼を動かし、手を握り返してくる。そんなおめえから生きるってことの素晴らしさを教えてもらったんだ。もし、おめえが元気なうちに、俺がこういう気持ちになっていたら、おめえを幸せにしてやれたんだ。そう思うと、俺は……」

乾いたと思った涙がまた出てきそうになった。

「そういう気持ちになれたから、俺の彫金も世間からもてはやされるようになった。おめえは、自分を犠牲にして、俺にいろんなことを教えてくれたんだ。おさよ。なぜ、もっと生きてくれなかったんだ」

おさよに語りかける言葉は尽きることがないように思えた。

ふと、背後で足音がした。振り返ると、女が近づいて来る。線香を手にしている。墓参りの女だと思っていると、女はこっちに向かって来た。

「おまきさん」

女の顔を見て、徳二郎は覚えず声を発していた。

「ごめんなさい。康安先生のところで、徳二郎さんのおかみさんの噂を耳にして、たまらずに飛んで来てしまったの。さっき、長屋に行ったら、ここだろうって」

おまきは近くまで来て言った。

「おかみさんに線香をあげさせてくださいな」

「すまねえ」

徳二郎は場所を開けた。

おまきが墓前に額《ぬか》ずいた。

墓に手を合わせている、おまきの横顔を見つめるうちに、おまきの境遇に思いが向かった。

おまきは御徒組の藤木平左衛門の屋敷で女中奉公をしていた女だ。旧主の恩誼《おんぎ》を忘れずに、吉原に売られた平左衛門の娘を助けようとしているらしい。

ようやく合掌の手を解いたので、徳二郎は声をかけた。

「おまきさん、ありがとうございました」

「たいへんでしたわね」

おまきが悔やみを言った。

「おまきさんも康安先生に診てもらっているのかい」

そこで、おさよのことを聞いたのだという、さっきの言葉を思い出した。

「ええ。あたしじゃないんだけど、ちょっとお薬だけを頂きに」

「そうかい」

「おかみさんは長患いだったそうねえ」

「五年になる。この一年間はほとんど意識のない状態だった」

おまきは目を見張り、

「よく、看病を続けて来ましたね」

「看病なんてちっとも辛《つら》いとは思わなかった。他人は、何も出来ない女を、ただ看病するだけで虚しいだろうと思うかもしれねえが、そうじゃなかった。かえって、生き甲斐《がい》になっていたんだ。あっしにはかけがえのない女房だった」

「うらやましいわ、おかみさんが」

おまきが目を細めて、しみじみとした口調で言った。

「おまきさんはご亭主は？」

「いません。だから、徳二郎さんのようなひとに死ぬまで思われていた、おかみさんがうらやましい」

「でも、おさよが息を引き取るとき、俺は家にいなかったんだ」

「どうして？　まさか、よその女のところにいたってわけじゃないんでしょう」

おまきの目が鈍く光ったような気がした。その目の光の意味を、徳二郎にわかるはずはなかった。

だが、徳二郎はあることに思い至った。おまきは、俺があとをつけたことを知っている。そうだと思った。

あの出入りの酒屋の亭主から、俺がしつこくきいていたことを聞いたに違いない。

だから、おさよのことにかこつけて俺に近づいて来たのではないか。

徳二郎はゆっくり墓から離れ、おまきと共に山門に向かった。

「おまきさん。あっしがおまえさんのあとをつけたことを知っているんだね」

山門を出たところで、徳二郎は思い切ってきいた。

「あら、何のことかしら？」

おまきはとぼけた。

徳二郎は仙台堀に足を向けた。おまきもついてくる。

「おまきさんは御徒組の藤木平左衛門さまのお屋敷に奉公に上がっていたんだってねえ」

堀沿いを歩きはじめてから、徳二郎はきいた。

微笑を浮かべただけで、おまきは何も語ろうとしない。

「墓参りなんて口実。あっしのことを調べに来た。そうじゃないのかえ」

「そうねえ」

「じゃあ、認めるんだね」

「でも、徳二郎さんこそ、どうしてあたしのあとを？」

周囲にひとの姿はなく、誰にも聞かれそうもないと思い、徳二郎は本音を吐露した。

「こうなりゃ、何の隠しだてもしねえ。おまきさん、あんたは弁財天じゃないのかえ」

おまきは平然と受け流し、

「じゃあ、徳二郎さんは、やっぱり福禄寿」

「どうして、そいつを？」

「おでんの屋台で出会ったとき、徳二郎さんは風呂敷包を持っていたわよね。やって来た方角、時間、それに背格好などから、もしやと思ったのよ」

「そうか。おまえさんも、そう思っていたのか」

うむと、徳二郎は唸《うな》ったが、やはり、誰も同じ思いを持っているのだと気がついた。

「それで、あたしのあとをつけたと聞いて、確信したわ。さっき、長屋に行って、おかみさんが亡くなった夜、徳二郎さんは家にいなかったと聞いた。その日、まさに『万屋』に
……」

「そうだ。その通りだ。俺も、屋台で出会ったときから、おまえさんを疑っていた。お互

い仲間の詮索は厳禁という掟があるのは承知していたが、同じ仲間ではなかったかという男が殺されたときから、俺は仲間のことを意識しだしたのだ」

「ひょっとして、時蔵さんのこと？」

「知っているのか」

「あたしも、気になって調べたわ。それとなく、岡っ引きの手下から聞き出したの。時蔵さんは、下谷山崎町に住んでいたそうよ。そこで、貧しいひとたちに、あるとき払いの催促なしで、お金を貸していたそうよ」

「あるとき払いの催促なしか。それじゃ、恵んでやっているようなものだな」

「そうよ。それより、時蔵さんは、やっぱり仲間だったの？」

「間違いない。寿老人の男は、喋り方に特徴があった。語尾を伸ばすんだ。時蔵というひとも同じ特徴を持っていた」

が、徳二郎は小首を傾げた。

「しかし、妙なんだ。この前の押し込みのとき、寿老人がいた」

「違うわ」

「えっ、違うって何がだえ」

「あの寿老人はいつものひとじゃない」

「なんだって」

「あれは女よ。あたしにはわかる。女の匂いがしたもの。女しか、わからない匂いよ。いくら、匂いを消してきても、あたしにはわかったわ。それに」

　おまきは続けた。

「この前の押し込みのとき、寿老人は何もしなかったでしょう。ただ、突っ立っているだけ」

「そうだったな」

　あの夜のことを、徳二郎は思い出した。

　いつもなら、徳二郎といっしょに押し込み先の主人を土蔵まで連れて行くのだが、この前に限って大黒天の喜八がそれに代わった。

「やっぱし、寿老人は時蔵さんだったんだな。しかし、なぜ時蔵さんは殺されたんだ。七福神一味とはまったく関係ないのか。俺は関係あると睨《にら》んでいる」

「市兵衛さんは知っているはずね」

「だが、市兵衛さんは何も教えてくれないだろう」

「七人のうち、あたしと徳二郎さん。それに、時蔵さん。そして、市兵衛さんと喜八さんは最初からわかっているから、正体がわからないのは、あと二人ね」

「ひとり、そうじゃないかっていう侍がいる」

「えっ、ほんとう？」

「ところで、おまきさんはどうやって仲間に入ったんだね」

徳二郎は話題を変えた。

「藤木平左衛門さまの奥さまが病気になったの。それなのに、お医者に診せるお金もないって聞いて、噂に聞いていた康安先生におすがりしたのよ。先生はすぐに駆けつけてくれて、治してくれた。今は、たまにあたしがお薬をもらいに康安先生のところに行ってるわ。そんなときに、市兵衛さんに声をかけられたの。徳二郎さんは?」

「俺もそうだ。康安先生にはたくさんの貧しいひとが助けられている。ところが、このままじゃ、金がなくて医者を続けていけない。陰で支えてやりたいが、手を貸してくれないかと言われてな」

「あたしも、同じよ。康安先生を助けなきゃいけないと思ったわ」

「つまり、市兵衛さんが声をかけているのは、康安先生の患者か、その周辺にいる者たちばかりなのだ。時蔵さんのことはわからないが」

「心当たりのある侍って、誰なの?」

「井関孫四郎という浪人だ。この浪人も、妻女が病気で、康安先生のところに薬をもらいに来ていた。じつは、きょう気がついたのだが、井関さんの刀の鍔の模様が、毘沙門天の侍が差していた刀の鍔と同じ模様なのだ」

「じゃあ、間違いなさそうね。どうするつもり?　その浪人さんに会うの?」

「いや。七福神の仕事も、あと一度だ。それで、終わる。正体を知ったところで、どうってことはない。ただ、時蔵さんが殺されたことが気になるけど」

「そうね。あと一度、仕事を終えたら、まとまった金をもらえる。そしたら、お嬢さまを身請けしてあげられる。それがすめば、すべてなかったことになるわ」

「おまきさんは、お嬢さんのために金を？」

「ええ。お嬢さまは昔からあたしに懐《なつ》いて。あたしも、実の妹のように思って来たの。あたしが奉公を辞めるときも泣いて別れを惜しんでくれて。だから、辞めたあとも、ときたまお嬢さまに会いにお屋敷に顔を出していたのよ」

「そうだったのか」

「お嬢さまはお優しいひとで、御家のために吉原に……。いえ、そもそも、お殿さまも奥さまもほんとうにやさしい御方だった。あたしの親も貧乏で、兄弟が多くて、口減らしのために女衒《ぜげん》に身売りされたのよ、あたしは。十二歳だったわ」

「なんだって」

「でも、女衒に引き立てられて、泣きながら吉原に向かう途中、たまたま通り掛かった、藤木のお殿さまが声をかけてくれた」

　徳二郎はおまきの辛い少女時代に胸を痛くした。

「お殿さまは、あたしを買い戻してくれたの。そして、あたしを女中として雇ってくれた。あたしだけでなく、他の奉公人にもやさしく、お嬢さまもそんなご両親の手でお育ちになったのだから、とてもおやさしい方だった。身分の差など関係なく、あたしを実の姉のように慕ってくれて。それなのに、今度は自分の娘が吉原に。奥さまの病気がなかなかよくならないのも、苦界に身を沈めたお嬢さまを不憫《ふびん》に思って毎日泣いているから。だから、あたしはどうしても、お嬢さまを苦界から救い出してやりたいんだ。これが、あたしのお殿さまや奥さまへの恩返し」

「そうか。そんな事情があったのか」

徳二郎は空を見上げた。

「俺たち、もう会うのはやめたほうがいいかもしれねえな。あと一度で、仕事は終わるんだ。何があるかわからねえ。お互い、知らなかったことにして、あと一度の仕事をやり遂げよう」

「そうね。徳二郎さんが仲間だとわかって、よかったわ。もう、会わないほうがいいわ」

おまきはちょっと寂しそうな目をした。

「おまきさん。おまえさんの願いが叶う様に祈っているぜ」

「ありがとう。徳二郎さんも、気を落とさずに頑張ってね」

「ああ。じゃあ、ここで別れよう。俺はこのまま、橋を渡って両国橋から帰る。おまえさんは永代橋から引き上げてくれ」

「わかったわ。じゃあ」

名残惜《なごりお》しげな顔をしたが、おまきはさっと踵を返し、佐賀町のほうに向かって小走りになった。

徳二郎は仙台堀を渡り、大川沿いを北に向かい、やがて小名木川にかかる万年橋を渡った。

おさよがいなくなって、心の中に出来た穴から冷たい風が音を立てて吹き上げて来るようだ。

そうだ。今夜は久しぶりに、『山膳』に行ってみよう。一さんが来るだろうか。

剣一郎は、おさよの通夜にも、弔いにも顔を出してくれた。最後に会ったのは、弔いのときで、それからは会っていない。

剣一郎は毎晩、『山膳』で待っていてくれるような気がした。そう思うと、元気が出て来て、徳二郎は力強く地を踏みしめながら歩いた。

両国橋を渡り、ようやく長屋に帰って来ると、薄暗い土間に人影があった。

「市兵衛さん」

「すまないが、勝手に待たせてもらっていましたよ」

上がり框《かまち》に腰を下ろし、市兵衛は煙管《キセル》をすっていた。

「ちょっと出ませんか」

煙管を仕舞い、市兵衛は立ち上がった。

河岸に出て、人気《ひとけ》のない場所に行き、

「徳二郎さんは、青痣与力……青柳剣一郎さまと親しくされているようですね」

「単なる呑み友達です」

「おかみさんの通夜にも葬儀にも顔を見せていたそうですね」

「ああ」

「七福神もあと一つの仕事を残すだけとなりました。ちと、友達にしては、都合の悪い相手ではありませんか」

「いや。あのひとは与力だ。定町廻りの同心のような仕事をしているわけではない」

「いえ。いろいろ動き回っている様子です」

「だが、俺のことは感づかれてもいないし、俺もそんなことを言うつもりはない。お互い、相手のことに深入りしないようにしている」

「おかみさんが亡くなった夜、おまえさんが長屋にいなかったことで、あの与力が変に勘を働かせないとも限りません。出来れば、お付き合いはしないほうがいいでしょう」

言い返そうとする前に、市兵衛が付け加えるように言った。

「それから、仲間のことに一切関心を持たないようにしてください」

「わかっている。が、一つききたい」

「寿老人の面を被っていたのは男だった。ところが、この前の押し込みのときは女だったぜ」

「何でしょうか」

市兵衛の表情が険しくなった。

「なぜ、入れ換えたんだ？　男がどうして来なかったのだ？」

「ですから、仲間のことに関心を持たないことです」

「ああ、そうだ。関係ないからな。だが、その男が殺されたとなると別だ」

市兵衛の目が鋭くなった。

「北新堀河岸で殺された男は時蔵って言うそうじゃねえか。なぜ、殺されたんだ」

「知りませんな」

市兵衛は厳しい顔で答えた。

「時蔵のことを、どうして知ったのだ？」

少し迷っていたようだが、市兵衛は口を開いた。

「時蔵さんは、去年の暮れ、川で溺《おぼ》れた子どもを助けたんだ。その子を背負って、たまたま、近くにあった康安先生のところに駆け込んだ。康安先生が必死に蘇生をさせた。その姿を見て、あんとき、康安先生を知っていたらと悔やんでいたそうだ。時蔵さんも、我が子を病気で亡くしたことがあったんだ。金がないばかりに、医者に満足に診てもらえなかったそうだ。そのことを、耳にして、時蔵さんに会いに行ったというわけです」

市兵衛は口調を改め、

「お互いの顔をわからないようにしているのは、この仕事を止めたあとのことを考えてですよ。仲間のことを知らなければ、お互いがどこかで出会ったとしても、何事もなく過ごせますからね。だから、お互いの詮索を厳禁しているのです」

市兵衛は、おまきとのことに気づいているのかと不安になった。

「時蔵さんは死にました。だから、話をしたが、他の者と接触しないように」

そう言い残して、市兵衛は去って行った。

今でも、七福神は義賊だと信じている。盗んだ金の大部分は、康安先生の診療のために使われるのだ。おまきにしても、稼いだ金を旧主の娘を助けるために使おうとしている。

七福神一味は己の欲望のために金を盗むという者がひとりとしていない。そのために、厳しい掟があるのは当然だと思っていた。だが、時蔵の死が気になる。

市兵衛の去った方角をいつまでも見つめながら、時蔵を殺した人間のことを考えていた。

三

剣一郎は、康安の所にいた。ちょうど、診察の合間で、厠《かわや》に立った帰りを待って、剣一郎は廊下に出て声をかけた。

「先日はありがとうございました」

徳二郎の妻女の臨終に立ち合ってくれたことの礼を述べたのだ。

「いえ。残念な結果になりましたが、おさよさんはほんとうにいい顔をしていました」

濃い眉の下の澄んだ目に、康安の誠実さが滲み出ているようだった。

「康安先生。一つ、お伺いしたいことがあるのだが」

「なんでしょうか」

「三年前、先生はむささびの忠次という男を診察しなかったかな」

「むささびの忠次？」

「うむ。五人組の盗賊のひとりで、押し込み先で火盗改めに襲われ、ただひとり逃げ延びたが、頭を斬られて、大怪我を負ったのだ。逃亡先で、その男を診た医者は手の施しようもないと見捨てたそうでな。その男を、先生は診たことはないか」

康安は目を閉じた。が、すぐに目を開き、

「治療しました」

「したか。で、その男の傷は？」

「回復しました」

「そうか。やはり、治ったのだね」

むささびの忠次は生きていたのだ。七福神の一味に、忠次がいるのは間違いない。

「どこで、治療を？」

「最初に呼ばれたのは深川の小名木川の傍の住まいでしたが、大怪我でしたので、動かせるようになってから、こちらに運びました」

「どのくらいで治ったのだろうか」

「そう、かれこれ、二年ほどは掛かったでしょうか」

「今、どこに住んでいるか、わからぬか」

「わかりません」

「それから、先生の後援をしている人物を教えてもらえまいか」

「何人かおりますが、一番力を入れてくださっているのは、市兵衛さんです」

「市兵衛だね」

「はい。深川辺りに家作を幾つか持っているそうです。その市兵衛さんは、富裕な商家をまわって幾許《いくばく》かの寄附をお願いしたりしていたみたいです」

市兵衛という名前を頭に刻み、それから、剣一郎は奉行所に戻り、同心の京之進と会い、むささびの忠次のことを話した。

「忠次が生きているですって」

京之進は俄《にわか》に信じられないようだったが、剣一郎は康安の話をし、

「康安先生の処置で命が助かったのだ。忠次は七福神の一味だ。塀を乗り越え、屋根に上って、内側から仲間を引き入れているのは忠次に間違いないと思う」

剣一郎は続けた。

「忠次は情婦のおはんという女と鉄砲洲辺りに住んでいるようだ。その付近を、秘かに探索し、探し出すのだ」

「わかりました」

まだ、京之進は半信半疑の表情だったが、それでも、忠次らしき男のいる家を見張るように手配した。


その夜、剣一郎は『山膳』に顔を出した。暖簾の隙間から、徳二郎が来ていることがわかった。

いつもなら、すぐに中に飛び込んで行くのだが、剣一郎は足が重かった。

徳二郎に七福神一味の疑いを持っているからだ。深呼吸をし、その考えを払拭《ふっしょく》し、剣

一郎は暖簾をくぐった。

徳二郎が振り向いた。

「徳さん、待っていてくれたのか」

剣一郎は弾んだ声で言い、向かいに腰を下ろした。

「一さん。いろいろ心配をかけてすまなかった。もう、だいじょうぶだ」

「まずは、よかった」

小僧に酒を頼み、剣一郎は改めて、

「おさよさんのことは残念だったが、これからは徳さんは、おさよさんのぶんも元気で長生きしてもらわないと。まだ、若いんだからな」

「一さんのところは、子どもがいるのかえ」

「ふたりいる。上は男で元服し、下は女の子だ」

「いいな。俺たちにも子どもがいたら……」

徳二郎は寂しそうな顔をした。

今までは、そんな愚痴めいた言葉など、一切口にしなかったが、やはりおかみさんに死なれて気弱くなっているのかもしれない。

「子どもなんて、いいかどうか。うちの伜は元服前はなんでも俺の言うことを聞いていたけど、今はだめだ。夜遊びはするし、親の言うことは聞かないし、まったく思うようにはならない。頭痛の種だよ」

「まあ、いっときは、そんな時期があるんじゃないのか。あっしたちだってそうだった。いや、あっしなんか、三十になるまで、酒と博打にうつつを抜かしていたんだ」

ふいに徳二郎が涙ぐんだのは、また妻女のことを思い出したのだろう。

「あっしなんか、ばかさ。おさよにさんざん苦労させて、おさよに倒れられて、はじめて目が覚めるっていう始末だからな」

「徳さん。そう、自分を責めるもんじゃないさ。おさよさんは病気になって辛かったかもしれないが、そのおかげで徳さんと深く心で結びつくことが出来たんだ。あんなに深く結ばれた夫婦なんて、ざらにはない」

剣一郎は多恵のことを思い出した。俺たちはどうだろうか。徳二郎とおさよほど、心で深く結びついていると言えないだろう。

「一さん、釣りの件だが、おさよの四十九日が済むまで待ってくれねえか」

「わかっている。その間は殺生を慎むほうがいい。それより、徳さん。もう、ひとりなんだ。おさよさんのいない寂しさはわかるが、これからは、ますますいい仕事をして、あの世にいるおさよさんを安心させてやってくれ」

「うむ。じつは、四十九日が済んだら、少し旅に出ようかと思っているんだ」

「旅だって？」

「彫金の図柄を、いろんな土地や風景などを見て勉強してこようと思っているんだ。おさよがいなくなって、身が軽くなったしな」

「それはいい。が、ちと、寂しくなるな」

「なあに、何年も行って来るわけじゃねえ。そうだ。出かける前に、一さんの奥さんに何か彫ってあげよう。どんな図柄がいいかな」

剣一郎はすぐに返事が出来なかった。

「一さん、どうしたんだ？　急に黙っちゃって」

「いや。何だか、徳さんの言い方が、お別れのような言い方に聞こえたんだ」

「そうか。そうだったな」

ふと深刻そうな顔つきになったが、

「いやだぜ、一さん。旅に出たからって、すぐに帰って来るんだ。なんだか、湿っぽくなっちまったな。さあ、やろう」

徳二郎は徳利をつまんだ。

徳二郎がいつもと様子が違うのは、おさよを亡くしたばかりだからだろう。そう思ってみたが、ふと不安そうな表情をすることがあった。

何か気に病んでいることがあるのかもしれない。そのことが気になった。

そして、いつもと違うことが、もう一つあった。いつになく、酒の量が多いことだった。これも、おさよを亡くした寂しさからか。

いつもの帰る時間になっても、徳二郎は腰を上げようとしなかった。帰っても、待っている人間がいないのだ。誰もいない家に帰るのを、出来るだけ遅らせようとしているように思えた。

いつもより、だいぶ遅い時間に『山膳』を出た。

晩秋であり、深更になると、夜風は冬近しを思わすほどに冷たい。上弦の月が中空に浮かんでいる。もうすぐ、九月十三日。八月十五日の名月に対して、「後の月」という十三夜だ。

「徳さん。どこかで一杯やりながら、徳さんと十三夜の月を楽しみたいな」

剣一郎は月を見ながら言った。

「いいね」

徳二郎はよろけた。

江戸橋に差しかかった。

「徳さん、少し酔ったようだな。送っていこうか」

「いや。だいじょうぶさ。じゃあ、一さん」

徳二郎は荒布橋を渡って行った。

いつもは、待っているひとがいた。今は誰もいない。徳二郎の寂しさが剣一郎の胸にも伝わって来た。

夜気の冷たさがよけいに切なく身に迫った。

途中で振り返ると、向こうの河岸を歩いて行く徳二郎の影が寂しく見えた。と、突如、黒い影がもう一つ現れた。月光に白刃が光った。

「徳さん」

剣一郎は絶叫した。

急いで引き返し、剣一郎は荒布橋を渡った。悲鳴が上がった。

「徳さん」

走りながら鯉口《こいぐち》を切り、剣一郎は黒い影に向かった。徳二郎がよろめいた。

黒い影はもう一度、上段から斬りかかった。徳二郎は転げ回って一撃を避けた。だが、黒い影がさらに徳二郎に迫った。

「待て」

剣一郎は走りながら刀を抜いた。

黒い頭巾で面を覆った着流しの侍だ。刀を肩に担ぐように構えて、剣一郎を待っていた。

「徳さん」

倒れている徳二郎に駆け寄ったとき、賊の一撃が気合もろとも剣一郎を襲った。

剣一郎は刀で相手の激しい攻撃を受け止めた。鍔迫《つばぜ》り合いになって、数度押し合ってから、さっと離れた。

示現流《じげん》だ。剣一郎は正眼に構え、相手を牽制《けんせい》しながら、徳二郎の様子を見た。肩と腕を斬られたらしく、出血が酷《ひど》い。

賊の相手をしている余裕はなかった。だが、賊は逃げず、剣一郎に再度、襲い掛かろうとしていた。

そのとき、人声が近づいて来た。

「誰か、康安先生を呼んでくれ。斬られたと伝えて」

剣一郎は怒鳴った。

さっと刀を引き、賊は思案橋のほうに逃げ出した。

騒ぎに近所の者が出て来た。近くの自身番からもやって来た。

「旦那。今、康安先生を呼びにやりましたぜ」

職人体の男が叫んだ。

「すまない。あと、大八車を」

剣一郎は徳二郎の傍に駆け寄った。

「しっかりしろ、徳さん」

「ちくしょう。だいじょうぶだ」

徳二郎が喘《あえ》ぎ声をもらす。

「どうぞ、これを」

誰かが晒《さらし》を差し出した。

「助かる」

剣一郎は晒を巻いて止血した。だが、見る見る間に白い晒が血に染まっていく。

「こいつを」

大八車がやって来た。

「徳さん、これに乗れ」

徳二郎に肩を貸し、剣一郎は大八車に乗せた。

「康安先生のところへ」

しばらく行くと、康安のところの助手がやって来た。

大八車を止め、助手は応急手当を施し、再び大八車を引っ張って行った。

「徳さん、しっかりするんだ」

剣一郎はついて歩きながら、絶えず徳二郎に声をかけた。

車が揺れるたびに、徳二郎は呻《うめ》き声を発した。

やっと到着すると、康安が待ち構えていて、すぐに診《み》てくれた。

翌朝、剣一郎は縁側に佇《たたず》んで庭の菊を眺めていた。

今、康安の使いの者が帰っていったばかりだった。徳二郎は命に別状はないということだった。ゆうべは、康安が寝ずにつきっきりで容体を見守ったという。

多恵がやって来た。

「徳二郎さん、心配ですね」

「命に関わることはないが、しばらく動けないな。それより、元のように仕事が出来るようになるかどうか」

剣一郎は悔しそうに、

「おさよさんの四十九日が過ぎたら、いっしょに釣りに行くことになっていた。それから、旅に出るとも言っていた」

「旅に？」

「彫金師として、新しい図柄を考案出来るように、いろいろなものを見てまわって来たいそうだ。その前に、多恵に今考えている図案を彫って贈りたいと言ってくれていたんだ」

「そうですか」

ふと、多恵は明るい声で、

「きっと徳二郎さんはだいじょうぶですわ。おさよさんが亡くなって寂しいでしょうけど、あなたがいます。きっと生きようと生命力を漲《みなぎ》らせていると思いますわ。だったら腕もだいじょうぶ」

「そうだな」

多恵が言うと、ほんとうにそのようになると思えて来る。

「ときに、剣之助はどうだ？　最近、こっちも忙しく、あまり話もしていないのだが」

「相変わらずです。ゆうべも、遅く帰って来て、庭で吐いていました」

「困った奴だ」

剣一郎は顔をしかめた。

「適度に羽目を外すのはよろしゅうございますが、あまり度が過ぎますと、体を壊しかねませんし……」

しかし、多恵の表情は、口ほどに心配しているようには思えなかった。今までの剣之助は、いい子であり過ぎた。そのぶん、たくましさに欠けていたから、かえってちょうどよいぐらいに思っているのかもしれない。

多恵がそう思っているらしいので、剣一郎も少し、安堵した。

ただ、剣之助がどのような所で遊んでいるのかが気になった。以前に酔っぱらって、口走った女の名前、確か、およしとか言っていたが、その女がどこのどういう女なのか、気になるのだ。

その日、剣一郎は早めに屋敷を出て、康安のところに向かった。出仕の途中なので、茶の肩衣に平袴という姿で、槍持、草履取り、挟箱持、若党を連れている。

康安の家の前に供を待たせ、剣一郎はひとりで医院に入って行った。

朝の早い時間から患者が大勢待っていた。遠くからやって来る者も多いという。

康安のあとについて行くと、離れの座敷で、徳二郎は眠っていた。

「痛みがあるので、話をするのはまだ無理です」

康安が話した。

襲撃者に心当たりがあるかどうか、徳二郎に確かめたかったが、それはまだ無理なようだった。

「先生、よろしくお願いいたす」

剣一郎は頼んで辞去した。

奉行所に着いて、なぜ徳二郎が襲撃されたのかを考えていると、年番方与力の宇野清左衛門に呼ばれた。

年番方の部屋に行くと、宇野清左衛門が難しい顔で待っていた。

「これを見たか」

それは読売だ。義賊七福神と讃《たた》えたような内容だった。

「江戸の市民は、こぞって七福神の味方だ」

宇野清左衛門は渋い顔で続けた。

「江戸の者は、七福神は貧しい者に施しをしている、ということを信じきっているのではないか。七福神は決して義賊なんかではない」

「いや。義賊かもしれません」

「なに？」

「いや」

剣一郎はあわてて答えた。

「これ以上、奴らをのさばらせてはならぬ。青柳どの。しっかりと頼んだぞ」

「宇野さま。小網町二丁目に、康安という医師がいることをご存じでしょうか」

「康安とな」

「腕のいい医者です。貧しい者からは金をとらず、そのために大勢の患者が押し寄せています」

「金をとらぬのでは、その医者はどうやって生計を支えていっているのだな」

「篤志家の寄附だということでございます。康安先生に助けてもらった富裕な患者が寄附をしている。そういう患者が何人かいるそうです」

「青柳どの。それが何か」

「いえ、なんでも」

「なに、なんでもないのか」

「はい。ただ、評判の医師なので、ご存じかと思いまして」

「わしは、また七福神に関係あるのかと思った」

「それは、失礼いたしました」

関係あると言おうとして、剣一郎は思い止まったのだ。

はっきりしないうちは話すべきではない、と自制した、というわけではない。言えなかったのだ。

再び、部屋に戻ってから、剣一郎は徳二郎が襲撃されたことを考えた。時蔵を襲った者と同一人物のような気がしていた。

七福神の仲間割れか。

もう、徳二郎から話を聞き出すべき時期に差しかかっている。剣一郎は胸が重たくなるのを感じた。

四

向こう岸から、おさよが笑いかけていた。徳二郎が駆け寄ろうとすると、おさよが悲しそうな目をして、首を横に振った。

「だめ、来ちゃだめ」

「おさよ」

徳二郎が追いかけて行くと、突然、黒い影が行く手を遮った。黒覆面の侍だ。いきなり抜刀して襲って来た。

「何者だ」

自分の額目掛けて刀が振り下ろされた瞬間、徳二郎は悲鳴を上げた。

はっとして、目覚めた。

(夢だったか)

傷口が痛んだ。

だんだん、思い出して来た。剣一郎と別れたあと、突然現れた覆面の侍に襲われたのだ。辻斬《つじぎ》りではない。俺を徳二郎と知って狙ったのは明らかだ。

「まさか、市兵衛」

徳二郎は市兵衛を疑った。

昼間、市兵衛に時蔵のことをきいた。そのことが、理由ではないのかと疑わざるを得ない。

ふと、おまきのことが心配になった。市兵衛は、俺とおまきのことに気づいているのではないか。

　入口に影が射して、誰かが現れた。陽光を背に受けて顔は影になっているが、下膨れの顔から、市兵衛だとわかった。

　興奮した瞬間、うっと痛みが走り、呻いた。

「いかがですかな」

　市兵衛が傍にやって来た。

「市兵衛さん、あんたじゃねえのか」

　徳二郎は市兵衛の顔を見上げながら言う。

「何を、だね」

　怪訝そうに、市兵衛がきいた。

「時蔵を殺し、俺を殺そうとした黒幕だ」

「どうして、私だと思うのだね」

「時蔵は何かに気づいたんだ。だから、殺した。俺も時蔵のことを調べ出そうとしている。それに、青痣与力とのこともある。だから、用心のために殺そうとした。違うか」

　市兵衛は寂しそうな表情になった。

「あと一つ、仕事が残っているのに、どうして、そんな真似をすると思うのだね」

「俺がいなくても、仕事は出来る」

「いえ。七福神が揃っていなければ駄目なのですよ。それに、私たちは、この医院を守って行くことに目的があるのです。病気や怪我で苦しんでいるのに、金がないために満足な治療を受けられず死んで行く。そんな貧しいひとたちを助けたいんです。そのために、七福神が誕生したのです。そんな私が、なぜ、あなたを殺そうとしますか。時蔵さんを殺そうとしますか」

「じゃあ、誰なんだ？」

市兵衛は悔しそうな顔をした。

「わかりません。ただ、推測ですが、我々が押し込んだ先の商家の誰かが、我々に報復を図ってきたのかもしれない」

「報復だと？　どうして、そう思うんだ？」

そうきいたとき、傷口に痛みが走った。

「だいじょうぶですか」

「ああ、なんとか。聞かせてくれ」

「私たちが、押し込んだ商家は、じつは以前に……」

廊下に足音がして、市兵衛が口を閉ざした。

やがて、康安がやって来た。

「どうだね。痛むか」

「少しだけ」

「無理をすると、また傷口が開いてしまう。あまり、喋るのは感心せん」

「はい」

「これは私が悪かった。徳二郎さん。すまなかった」

市兵衛が頭を下げた。

そこに、助手が康安を呼びに来た。

「すぐ戻って来る」

そう言って、康安は部屋を出て行った。

「さっきの話はまた、あとで。それから、今度の仕事は中止します」

再び、足音がして、康安がやって来た。

「それでは、私はこれで」

市兵衛は立ち上がった。

市兵衛が去ったあと、康安の治療を受けながら、徳二郎はさっき市兵衛が何を言おうとしていたのかが気になった。


その夜、剣一郎が見舞いにやって来た。

「徳さん、どうだね」

「一さんの顔を見たら、元気が出た」

「よかったな。ところで、襲った奴に心当たりはないのかえ」

剣一郎がきいた。

徳二郎は迷った。剣一郎にすべてを話すべきか。市兵衛が襲撃者ならば、すべてをぶちまけるつもりだったが、どうも違うらしい。

もう一度、市兵衛の話を聞かなければ、剣一郎にも打ち明けられないと思った。

「いや。心当たりはない」

「そうか」

剣一郎は落胆したような表情をした。俺が何か打ち明けるのを期待していたのかもしれない、と徳二郎は思った。

「あまり、長話しないように言われているので、そろそろ引き上げる。また、寄せてもらうよ」

「一さん。ありがとう」

見舞ってくれたことより、あえて何もきこうとしない配慮に対して礼を言ったのだ。

「じゃあ」

剣一郎が部屋を出て行こうとした。

「一さん」

徳二郎は呼び止めた。ふいに、ある不安が押し寄せたのだ。

襲撃者が何者かわからない。だが、時蔵を殺し、続いて徳二郎が狙われた。ということは、他の仲間も襲われる可能性があるということだ。

「どうした、徳さん」

剣一郎が戻って来た。

「一さん。南新堀一丁目のどこかに、おまきという女が住んでいるんだ。おまきさんを探して、俺がここにいることを伝えてくれないか」

「おまきさん？」

「俺の彫金の客なんだ。約束の期限までに仕上げられなくなったので、お詫《わ》びをしたいんだ。一度、ここに来るように頼んでみてくれないか」

やはり、徳二郎はほんとうのことを言えなかった。

心なしか、剣一郎が落胆したような気がした。

「わかった。南新堀一丁目に住む、おまきさんだな。ここから目と鼻の先じゃないか。これから寄ってみる」

「すまねえ。助かる」

剣一郎にほんとうのことを言えない負い目に、徳二郎は胸が痛んだ。

徳二郎は何かを隠している。そのことで、苦しんでいることがよくわかった。まだ、打ち明けることが出来ないのだろう。

剣一郎は康安の医院を出てから、堀沿いを永代橋方面に向かい、箱崎《はこざき》橋を渡って、北新堀町に入った。

堀をはさんで対岸が南新堀町である。汐の香りを嗅《か》ぎながら、剣一郎は湊橋を渡って南新堀町に入った。

五

明かりの漏れている自身番に寄った。

犯人を一時留めおいたり、取り調べたりするのは自身番の主な仕事ではない。人別帳の整備や、奉行所からの書類の受付などをするのである。

そこにいる家主に訊《たず》ね、おまきの住まいを教えてもらった。

芝居町の茶屋に勤めている女らしい。

教えられた長屋に入って行くと、もう露地の両脇の家々からは暖かそうな明かりが油障子に映っていた。

障子の隅に、おまきという千社札が貼ってある家が見つかった。

戸を叩き、剣一郎は声をかけた。

「だれですか」

中から声が聞こえた。

「青柳剣一郎と申す。徳二郎の知り合いの者だ」

心張り棒の外れる音がし、戸が開いた。

細面の、二十七、八の女が顔を出した。切れ長の目で鼻が細くて高く、口が小さく引き締まっている。

「おまきだね」

「はい。徳二郎さんに何かあったのですか」

おまきの顔に緊張が走った。

「じつは、ゆうべ暴漢に襲われ大怪我をし、今、康安先生の医院で治療を受けている。徳二郎さんから、そなたに伝えて欲しいと頼まれたのだ」

「暴漢……」

おまきは立ちくらみがしたように体を崩しそうになった。

「だいじょうぶか」

「は、はい。あっ、どうぞ、お入りください」

「いや。もう、遅いから。そのことを伝えに来ただけなのだ」

「でも、怪我の様子も知りたいですし……。どうぞ」

「それでは、失礼いたす」

剣一郎は土間に入ると、鞘ごと刀を腰から外して右手に持ち替えた。

さすが女の住まいだけあって、小綺麗《こぎれい》な部屋だった。どことなく、なまめかしい雰囲気さえ漂っている。

「どうぞ」

「いや。ここで」

剣一郎は上がり框に腰を下ろした。

長火鉢の鉄瓶が煮たっていた。おまきは茶をいれてくれた。

「徳二郎さんに何があったのでしょうか」

おまきは深刻そうに眉を寄せた。

「いきなり、黒覆面の侍が襲い掛かったのだ。徳二郎は心当たりがないということだったが」

「で、怪我のほうは?」

「右肩と右腕に傷を負った。治るまで、最低ひと月はかかるということだが」

「そうですか」

おまきは膝元に目を落とした。何か、考え込んでいるようだ。

「何か心当たりでも？」

「いいえ」

おまきはあわてて頭を振った。そのあわてようは、今考えていたことを悟られたくないという感じだった。

剣一郎はある考えにとらわれ、

「じつは、あの近くで、先月、男がひとり殺されているのだ」

と、切り出した。

おまきは怯えたような目を向けた。

「時蔵という男でね」

おまきははっとしたように目を見開いた。気づかぬ振りをして、剣一郎は続けた。

「時蔵というのは元左官屋だった。子どもを病気で亡くしてしまい。そのために、おかみさんとも別れ、その後、何年かぶりに、下谷山崎町の極楽長屋という貧しい長屋に戻って来て、最近は、あるとき払いの催促なしで、住民にお金を貸していたそうだ」

おまきはじっと聞いていた。

「じつに評判のよい、実直な男だったそうだ。そんな男がなぜ、殺されなければならなかったのか。そう言えば、徳二郎だって、寝たきりのおかみさんの面倒をずっと見てきた人間だ。なぜ、そういうやさしい心持ちの人間が狙われたのか、理解出来ぬ」

剣一郎はおまきの様子を窺った。また、おまきは膝元に目を落とした。何を考えているのだろうか。果たして、この女は、徳二郎が話したとおりの、彫金の客だろうか。

「失礼だが、徳二郎とはどういう?」

おまきが顔を上げた。

「彫金の仕事をお願いしました」

口裏を合わせたかのように、徳二郎と同じことを言った。

「じゃあ、一度、徳二郎を見舞ってやってくれ」

剣一郎は腰を浮かせて言った。

外に出た。月もきのうにくらべ膨らみを増してきた。十三夜が近づいて来た。「後の月」の夜は、徳二郎とどこかで酒を呑むのを楽しみにしていたのだが、それもだめになった。

ふと、剣一郎は思いついたことがあって、永代橋に向かった。

永代橋を渡り、一の鳥居をくぐって深川門前仲町から富《とみ》ヶ岡《おか》八幡宮の前を過ぎ、蓬莱《ほうらい》橋を渡って佃町にやって来た。

この辺りは、深川でも最下級の岡場所であった。薄暗い中に、軒行灯が黄色い明かりを灯していた。

剣一郎はいかがわしい雰囲気の店に入り、「およしという女はいるか」と訊《たず》ねた。いないという返事に、次の同じような店を覗いた。

そして、とある女郎屋の前に立った。しかし、剣一郎は中に入らず、裏手にまわった。そして、二階の座敷を見上げた。そこから、賑やかな声が聞こえて来る。その中の男の声が剣之助のようだった。

だいぶ酔っているようだ。ふと、二階の障子が開いた。女が顔を出した。その後ろから、若い男が女に抱きつくようにして、

「およし、こっちへ来い」

と、顔を出した。

「少し、風に当たろうよ」

およしという女が顔をこっちに向けた。下膨れで、目の細い女だ。つられたように、男もこっちを見た。

男が悲鳴のような声を上げて、引っ込んだ。すぐに、別な男が顔を出した。坂本時次郎だ。坂本もすぐに顔を引っ込めた。

二階座敷の賑やかな声が止まった。

剣一郎はその光景を遠い昔に見たような気がしていた。そうだ。今の剣之助の姿がまさに自分で、ここで立っていたのは父だった。いや、兄だったろうか。父に頼まれて、兄が迎えに来たのか、父が来たのか、記憶は定かではない。

だが、今の剣之助のあわてふためいた姿は、遠い日の自分の姿だった。

剣一郎はすっとその場から離れた。およしという女の顔を思い出してみた。器量はいいとは言えないが、小肥りで温かみのありそうな女に思えた。

蓬萊橋に差しかかると、後ろから走って来る足音がした。

足を止めると、案の定、剣之助だった。

「父上」

はあはあ言いながら、

「いっしょに帰ります」

と、言った。

「なんだ、まだ、遊んで来ていいぞ」

「父上の顔を見たら、すっかり興が冷めてしまいました」

「そうか。そいつは悪いことをしたな。さっきの女がおよしか」

「そうです。深川の漁師の娘だそうです」

「で、どうだった？」

「えっ、何がですか」

「およしと、その、なにをしたのだろう」

「なに、ですか」

「そうだ。それが、どうだったときいているのだ。剣之助にとって、はじめての女子《おなご》なんだろう」

「はあ」

「なんだ、その頼りない返事は」

「およしとふたりになったときは、いつも酔っぱらっているので、よく覚えていないんです」

「覚えていない？」

「そう。だから、なにをしたという感じは一切ないんです」

「なんだ、だらしがないな」

剣一郎は苦笑したあとで、ふと不安になった。

剣之助はちゃんとした男なのだろうかと。

「剣之助。いつも、湯屋で会う、まつという芸者を覚えているか」

「ええ。父上のことが好きなようですね」

「母上に言うんじゃないぞ」

「言いませんよ。そのおまつさんがどうかしたのですか」

「まつに妹芸者がいる。なかなかの女だ。一度、お座敷に連れて行こうと思ってな」

「芸者遊びだなんてとんでもない。私なんかは、さっきのような場末で騒いでいるのが身分相応なのです」

確かに、こんな若いうちから芸者遊びなぞさせるより、場末で遊んだ方が、世の中を知るにはよいのかもしれない。

永代橋の真ん中に差しかかった。屋根船が橋の下を通った。

「父上、月がきれいですね」

「ああ、きれいだな」

珍しく風流なことを言うと、剣一郎はおかしくなり、

「そういえば、坂本時次郎はどうした？」

「あとからやって来るはずですけど」

振り返ると、坂本時次郎がとぼとぼついて来ていた。

「なんだ。あの男もいっしょに帰って来たのか。ちょっと呼んで来い」

「でも」

「そうか、煙たいだろうな。よし、わしは先に帰るから、あいつといっしょに帰って来い。もう、どこにも寄り道をするんじゃないぞ」

「はい」

剣之助は坂本時次郎のほうに走って行った。

剣一郎はゆっくりと歩き始めた。今夜は、剣之助と男同士で付き合えたような気がし

て、つい口許が緩んだ。

と、背後で笑い声が起こった。剣之助と時次郎だ。その笑いには何の屈託も気取りもなかった。自然の笑いだ。

剣一郎は笑みが引っ込んだのがわかった。剣一郎の前だと殊勝な態度だったが、友人といっしょだと自由奔放なような気がする。

友というものはそういうものなのだと、剣一郎は徳二郎のことを思い出していた。

六

まだ、傷口が痛む。ゆうべは熱が出たが、今は治まった。

徳二郎は何か夢を見たが、どんな夢だったのか覚えていない。

こんな姿になって、おさよの墓参りにも行ってやれないことが悲しかった。

「おさよ、寂しかないか」

天井に向かって、つい声を出した。

康安のおかみさんがやって来て、見舞いだと言った。おかみさんと入れ代わって、おまきが入って来た。少し、窶《やつ》れたようだと思ったのは気のせいだろうか。

「徳二郎さん」

おまきが深刻そうな顔で傍に畏《かしこ》まった。

「来てくれたのか」

「ゆうべ、青柳さまが教えてくれたの。びっくりしたわ。いったい、誰なんだろう」

「最初は市兵衛を疑った。だが、どうも市兵衛さんじゃないようだ」

「ええ。あたしもそう思う」

「だが、時蔵さんの次にあっしが狙われた。どうも、七福神仲間を標的にしているように思えてならないんだ。だから、おまきさんも十分に気をつけて欲しい」

「わかったわ」

「下手人のことだが、ゆうべ、市兵衛さんが言いかけたことがあったんだ。押し込んだ先のことで、何か言おうとしたら康安先生が来たので、それきりになってしまった」

「何かしら」

「おまきさんは市兵衛さんに会ったか」

「ええ。今朝、やって来て、約束の金をくれたわ」

「五十両か。そうか、よかったな。じゃあ、さっそく、お嬢さまを身請けしてやるんだ」

「ええ。これから、行ってくるわ」

だが、苦界から救い出してあげたあとの暮らしはどうなるのか。そのことを心配したが、じつは、さる旗本のお屋敷にご奉公に上がることが出来るかもしれないということだった。

「で、市兵衛さんは、今度の仕事は取りやめだと言っていたか」

「言っていたわ。七人揃わないから中止だって」

「それだけじゃなく、何者かが一味を狙っているらしいので、用心をして中止にしたのだろう。市兵衛さんは下手人に心当たりがあるように思えてならない」

「下手人を知っている？」

「いや。はっきりはわからないだろう。だが、おぼろげながら、見当をつけているような気がする。今度、来たら、ききだしてみせる」

　そこまで言って、徳二郎は痛みが走って、うっと唸った。

「だいじょうぶ？　少し、休んだほうがいいわね」

「ああ。もう会うまいと言って別れたのに、こういう形で、また会うことになるとは思わなかった」

　徳二郎は自嘲《じちょう》気味に言った。

「そうね」

「じゃあ、早く、元のご主人のところに行って、喜ばせてあげるんだ」

「そうするわ」

「さっきのこと、十分に気をつけてな」

部屋を出て行こうとして、おまきが立ち止まった。

「どうした？」

「これから、徳二郎さんの看病に来ていいかしら」

「ああ」

「よかった。でも、おかみさんに妬《や》かれないかしら」

「そうだな」

悋気《りんき》から、化けて出て来るのでもいい。もう一度、会いたいと、徳二郎は切なく思った。

「じゃあ、行くわ」

おまきは引き上げて行った。

ひとりになって、時蔵のことを考えていた。

子どもを亡くし、おかみさんと夫婦別れをしたあと、時蔵は康安先生を知ったのだ。あのとき、康安先生を知っていたら、子どもを死なせずに済んだ。なぜ、もっと早く康安先生に巡りあえなかったのかと胸を掻《か》きむしったことだろう。

だから、ひとにには自分と同じような悲しみと苦しみを味わわせないために、康安先生の支援をしようと思い、さらに長屋のひとたちの貧困を救ってやりたいために、市兵衛の誘いに乗ったのに違いない。

時蔵は長屋のひとたちからも慕われていたという。やさしい男だったことは、あの押し込みのときの言動でもわかる。

土蔵に向かう途中主人がよろけそうになったとき、「危ねー」と言って、手を差し出してやったのだ。

「ちくしょう。いったい、誰が時蔵を」

力んだとき、またしても激痛が走った。

やがて、徳二郎は眠りに入り、目を覚ましたときには辺りは薄暗くなっていた。ずいぶん眠っていたようだ。

おかみさんが行灯に火をいれに来た。

「誰か、私を訪ねてきませんでしたか」

「いいえ。あれからは、どなたも」

「そうですか」

市兵衛が顔を出したのではないかと思ったが、それはなかったようだ。

夜になって、剣一郎が寄ってくれた。

「一さん。忙しいのにすまない」

「なあに。早く、元気になってくれないと、困るんだ。なにしろ、『山膳』にも顔を出せないし」

「そうだな。早く、酒を酌み交わしたいな」

徳二郎は目を細めた。

「そうそう、きょう、おさよさんの墓参りに行って来た」

「えっ、ほんとうかえ。すまない、一さん。ありがとう」

「なあに、ほとんど毎日のようにお参りしていたのに、行けなくなってしまって悔しい思いをしているだろうと思ってね。まあ、徳さんじゃなければおさよさんは喜ばないだろうが……」

「とんでもねえ。あいつはきっとあっしが来たときのように喜んでくれているはずだ」

徳二郎は天井に目をやり、

「一さんといっしょにいると、とても穏やかな気分になれる」

「俺もだ」

「一さん」

「なんだね、改まって?」

「一さんはあっしに何かききたいことがあるんじゃないのか。あっしを襲った奴のこととか、その他のことでも」

「徳さん。それは、徳さんの傷がもっと癒《い》えてからのことだ。今はそんなことは考えなくていい」

「一さん、すまねえ」

「何を謝るのだ」

時蔵を殺し、自分に大怪我をさせた犯人を捕まえるには、剣一郎の力にすがるしかない。だが、すべてを打ち明けるには市兵衛に断りが必要だ。市兵衛が、一味の首領だからだ。それが仲間の仁義だろう。

市兵衛は明日か明後日にはやって来るだろう。そのときに、剣一郎にすべて話すと告げるつもりだった。反対されても、そうする。徳二郎はそう決めていた。

「一さん。あと、二、三日、待ってくれ」

徳二郎はふいに言った。

「待つって、何をだね」

「いや、何でもない」

「徳さん。今はよけいなことを考えなくてもいい。ともかく、傷を早く治すことだ」

「ああ、そうだな」

剣一郎は徳二郎の気持ちを察してそう言っているのだとわかった。

「じゃあ、そろそろ引き上げる」

「ありがとう、一さん」

剣一郎が去ったあと、康安が塗り薬をつけに来た。少しずつ、傷も塞《ふさ》がっているようだ。

その夜も、市兵衛はやって来なかった。

おそらく、市兵衛はこれまで稼いだ金を分配するために、仲間のひとりひとりのところをまわっているのに違いない。

そういったことに関しては義理堅く、いや、約束を違《たが》えるような人間ではないのだ。

七福神の仲間は、徳二郎のように康安先生に世話になったことがあるか、あるいは、時蔵のように、康安先生に早く巡りあえていたら大事な者の命を助けることが出来たのにと残念がっていた者たちか、そして、おまきのように、貧しさのために苦しんでいるひとたちを助けたいと思っている者たちなのだ。

市兵衛もまた、おかみさんを病気で亡くし、そして、ひとり息子を犯罪に走らせ、死罪にさせてしまったのだ。

あのとき、僅《わず》かの金さえ都合つかなかったために人生を誤った。そういう苦しみは、自分たちだけで十分だ。

そういう仲間が集まっての七福神だった。

だが、たとえ、そういう気持ちであろうと、盗みは盗みだ。皆の心の負い目を考えて、お互いの顔をわからぬようにしたのだ。

時蔵を殺し、さらに俺を襲った奴は七福神の仲間だと知っていたのだ。仲間を知っていたのは市兵衛だけだ。いや、もうひとり、市兵衛の傍についている船頭の喜八だ。

まさか、喜八が……。

そうだ。あの男は柔順そうに黙って働いていたが、いったいどういう男なのだ。

さまざまな思いが交錯し、徳二郎はますます目が冴《さ》えて行った。

明け方近く、いつの間に寝ついたのか、夢を見た。

市兵衛が断末魔の叫び声を上げた。その声で目を覚ました。

夢だと思いつつも、胸騒ぎがしてならない。自由にならない体がもどかしかった。

七

翌朝、剣一郎はすっかり晩秋の色を濃くした庭に出て、冷たい空気の下に立っていた。

傍に、文七がいた。市兵衛のことを調べさせていたのである。

「熊井町に家がありましたが、近所の人間はあまり市兵衛のことを知りません。それから、たまに夜、市兵衛の家にひとが集まっていたようです」

一味が市兵衛のところに集まっていたのであろう。その中に、徳二郎、おまき、それに時蔵の三人がいたと考えられる。さらにむささびの忠次も仲間であろう。

「それから、市兵衛の家には喜八という三十前の男がおりました。市兵衛の子分のような男です」

七福神一味の首領格の男は市兵衛に違いない。

康安の一番の支援者であり、徳二郎が、特別に離れの座敷を使うことが出来たのも、市兵衛の働きかけによるものだったこともわかっている。

そう言えば、と剣一郎は康安が言っていたことを思い出した。

市兵衛はいろいろ富裕な商家をまわって寄附を頼んでいたらしい。ひょっとして、七福神に押し入られた被害者宅も訪れたことがあるのではないか。


その日の午後、剣一郎はひとりで奉行所を出て、仙台堀河岸にある海産物問屋『伊豆屋』を訪れた。ここは、最初に七福神一味に押し入られたところである。

剣一郎は、客間に通されて、『伊豆屋』の主人と対座した。

「きょうはいかような御用で。まさか、七福神が捕まったわけではありますまい?」

少し皮肉を含んだ口調で、伊豆屋が言った。

「残念ながら。じつは、きょうは訊ねたいことがあって参った」

「なんでございましょうか」

「医師の康安を知っているか」

「ああ、貧乏人からは金をとらないという医者ですね」

「そうだ。その医者のことで、以前ここに、市兵衛という者が来たことはないか」

「市兵衛ですと」

しばらく目を細めていたが、伊豆屋はふと渋い顔になった。

「来ました。康安という医者の支援をお願いしたいということでした」

「で、そなたは何と？」

「もちろん、そんなわけのわからないお金は出せないと断りました」

「市兵衛は、どうしたか」

「どうするもなにも、向こうが勝手に無理な頼みをしてきたのですから、すごすごと引き上げて行きましたよ」

「今、康安先生の評判を聞いて、どう思う」

「さあ、あまり興味もありませんから」

伊豆屋は口許に冷たい笑みを浮かべた。

「康安先生は、貧しい者たちばかりでなく、腕がいいので、金持ちの者もかなり訪れているようだ」

「そうですか。金がないから治療費はとらない。それはよろしいでしょう。でも、その不足分を金持ちの患者からとろうとする。そういう考えがいやでございますね」

伊豆屋は口許を歪《ゆが》めた。

この伊豆屋は奉行所にも付け届けをしている。何かあったら、便宜を図ってもらおうというのだ。

そういう金は出せても、貧しい者たちのために出す金はないらしい。

「金を払える患者から正規の金を支払ってもらうだけで、必要以上の金を要求しているわけではない」

これ以上、顔を見ているのも不愉快なので、剣一郎は適当に挨拶をして、腰を浮かせた。帰り際、伊豆屋が、

「どうぞ、長谷川四郎兵衛さまによろしくお伝えください」

と、声をかけた。

剣一郎は、さらに不快になって、

「もし、そなたが、長谷川さまへの付け届けの一部でも貧しいひとたちに寄附する心があれば、七福神に押し入られることはなかっただろう」

渋い顔をした伊豆屋を残し、剣一郎はさっさと引き上げて行った。

次に、北へ向かい、小名木川を越え、竪川を渡って、相生町一丁目にある古着屋『福田《ふくだ》屋』を訪ねた。

やはり、問い詰めるようにきくと、市兵衛がやって来たことを思い出した。

『伊豆屋』に続いて『福田屋』も、そうだった。念のために、剣一郎は神田佐久間町にあ

る質店『高砂屋』に向かうため、両国橋を渡った。

『高砂屋』では、客間に通されてからしばらく待たされて、四半刻（三十分）ぐらい経ってから、主人の長右衛門が現れた。

「お待たせいたしました」

何をきかれるかと身構えたように、高砂屋は剣一郎の前に腰を下ろした。

「康安先生のことで、以前ここに、市兵衛という者が来たことはないか」

ここでも、同じ質問をした。

「参りました」

高砂屋は即座に答えた。

「もう、何年か前のことになりますが、確かに、いらっしゃいました。まあ、なんとも無茶な申し入れでしてね」

「それは？」

「ようするに、金を出せ、ということです」

「断ったのだな」

「私は別の医者にかかっており、康安先生とは何の関わりもありませんから」

「その医者は？」

「高名な道拓先生です」

流行り医者の村井道拓のことだ。

「わかった。用件はそれだけだ」

剣一郎は立ち上がった。

もう間違いないと、剣一郎は帰途につきながら、七福神一味について考えた。

七福神が狙った屋敷は、かつて市兵衛が援助を断られたところばかりだった。おそらく、他の被害者からも同じ答えが返って来るはずだ。


その夜、剣一郎は市兵衛の家を訪れた。

格子戸を開け、訪問を告げたが、誰も出て来ない。鍵をかけずに遠くまで行くはずはないので、すぐ戻って来るだろうと、少し待つことにした。

外に出て、裏にまわった。裏は、すぐ川で、ここに舟をつければ、裏庭の木戸からの出入りは誰にも見咎められないと思った。

なるほど、一味はここから出入りをしていたのだ。ここが一味の拠点だったことは疑いようもないと思った。

再び、表にまわると、ちょうど年配の小肥りの女が帰って来た。

「ここのひとかね」

剣一郎は声をかけた。

「はい。手伝いの者です。旦那さまに御用でいらっしゃいますか」

「そう、市兵衛さんに会いに来たのだが」

「そろそろ戻って来るはずです。どうぞ、お上がりになってお待ちになりますか」

「いや。もう少しして、また来よう」

剣一郎はもう一度、裏にまわった。

大川を見つめながら、徳二郎もここから舟に乗って出かけたのだろうと思った。

徳二郎がお縄になることが辛かった。

市兵衛の家の庭に人影が現れた。裏木戸を開けて、近づいて来た。

「青柳さまですね。市兵衛でございます」

「市兵衛か」

「たった今、帰って来たところです。どうぞ」

市兵衛は裏木戸から剣一郎を中に招じた。

床の間のある部屋に通された。七福神の掛け軸があった。香が焚かれていた。

「ここで、仲間は落ち合っていました。皆、それぞれ、七福神の面をつけて、ここに集まったのでございます」

市兵衛が一方的に言い出したので、剣一郎は唖然《あぜん》とした。

「なぜだ。なぜ、自ら喋る？　こっちはまだ証拠はないのだ」

「いえ、もう時間の問題ですし、私が話さなければ徳二郎さんが打ち明けるでしょう」

「徳さんが?」

「さっき、徳二郎さんのところに寄って来たんです。青柳さまに、すべてを打ち明けたいと言っておりました。私に一言断ってから、青柳さまに一切をお話ししようとしていたそうです。ですから、私からお話しすると言っておきました」

剣一郎は頷いた。

「私は、根津《ねづ》の遊廓で働いておりました。そういう仕事柄のせいか、しょっちゅう、いろんな揉め事の始末に追われておりました。ですから、女房の死に目にもあえませんでした」

市兵衛は辛そうな顔で話し始めた。

「私に妹がおりました。大工と所帯を持ち、子どもも出来て、幸せに暮らしていたんですが、亭主が病気になって、生活が苦しくなったんです。ときたま、私は妹の所に行って、小遣いをやったりしていました。

ちょうど十年前のことです。久しぶりに、妹の所に行ったら、亭主が横たわっており、傍で、幼い子どもが泣いていました。亭主の顔は土気色になっていました。頸《くび》に索条、つまり紐《ひも》の跡があった。病気を苦に自殺を図ったのです。妹は医者を呼びに行ったのですが、来てくれなかったと虚ろな顔で帰って来ました。だから、今度は私が医者を呼びに飛んで行きました。

　表に出たとき、ちょうど、ある藩医と医師らしい三十ぐらいの男がいっしょに歩いて来るのに出会ったんです。私は夢中で、その藩医の前に駆け寄り、急病だからすぐに診てくれと言って頼みました。でも、藩医は私の訴えを無視し、行き過ぎようとしました。すると、若いほうの医師が、藩医に診てあげてくださいと頼んでくれたのです。でも、藩医は、厳しい顔で、治療してもお金をとれない。他の医者のところに行けばいいと」

　市兵衛はつらそうに眉を寄せたが、

「そのとき、若い医師が藩医の止めるのを振り切って、私のあとについて来てくれたのです。若い医師はすぐ心の臓を押し、蘇生を試み、ようやくのことに助かったのです。それから、たびたび、その医師は家にやって来て治療してくれました。だんだん亭主も回復して行きました。病気も完治し、その後は仕事に復帰出来るようになったのです」

「その若い医師が康安先生なのだな」

「そうです。お侍さんで、長崎に行って蘭学を勉強され、その藩医について漢方を勉強されていたのです。それから、二年ほど経って、町医者になっていた康安先生をお見かけしたのです。狭くて、汚い家で、医院を開いていました。噂に聞くと、あのあと、すぐに藩医のところを辞めさせられたそうです」

　市兵衛は静かに続けた。

「なんとか、康安先生のご恩に報いたいという気持ちもありましたが、それ以上に、貧しいひとたちから金をとらずに病気を治してあげる、そんな医者がいればどんなに人々が助かるか。そう思って、陰ながら何とか支えてあげたいと思うようになったのです。

でも、私にはそこまで金がありません。そこで、富裕な商人を訪ね、康安先生のことを話し、少しでも寄附をしていただきたいと、頭を下げてまわりました。

でも、お金を出してくれるひとは多くはありません。お金持ちほど、自分の利益にならないお金は出さないのです。だんだん、康安先生の暮らし向きも厳しくなっていっていることは、おかみさんが質屋に行ったり、どこかからお金を借りているらしいことでもわかりました。

徳二郎さんをはじめ、康安先生に恩誼《おんぎ》を感じ、私と同じ思いのひとはたくさんいました。そういう人間五人と出会えたのです。徳二郎さんの他に、おまきさん、時蔵さん、そして、浪人の井関孫四郎さま」

「井関孫四郎?」

「はい、この御方はご妻女と駆け落ちして江戸にやって来られたのです。国元ではいろいろあったのでしょう。ところが、馴れぬ江戸の暮らしがいけなかったのか、妻女が倒れ、康安先生にかかったのです。もし、康安先生に診ていただかなければ、おそらく妻女は危うかった。井関さまは、そう常々、康安先生に恩誼を感じていたのです」

「そうか。そして、あとひとりが、むささびの忠次だな」

　市兵衛が目を見張り、

「そこまで、お調べでございましたか。その通りでございます。忠次さんも、康安先生によって命を救われたのです」

「ところで、忠次はどこにいる？」

「はい。本湊町に住んでおります。ただ、きょうも家に行ったのですが、留守なのです」

「留守？」

　剣一郎は不安を抑え、

「時蔵に引き続き、徳二郎さんも襲われた。心当たりは？」

「はい。まだ、しかとはわかりませんが、七福神が押し入った商家の中に黒幕がいるのではないかと思います。でも、どうして、我々のことに感づいたのか」

「誰か裏切り者がいるのではないか」

　市兵衛は厳しい顔で、

「皆、信じられる者ばかり」

「喜八と申すのは？」

「はい。あの者はもと船頭で、やはり康安先生に助けてもらった者。私を裏切るとは思えませんが……」

ふと、市兵衛は不安そうな顔をし、

「忠次さんの姿が見えないのも気になります」

と、呟くように言った。

忠次はどこに行ったのか。

剣一郎がそのことを考えていると、突然、市兵衛は畳に手をついた。

「この者たちは、皆、己のために七福神に加わったのではございません。確かに、違法な行いです。でも、すべて私の指図に従っただけ。お願いです。どうか、この者たちを助けてくださいませんか。やったことは悪いこと。でも、それによってたくさんの人々が救われたのも事実。なんとか、お目溢《めこぼ》しをしていただくわけには参りませんか。罪は、私ひとりで」

「それは……」

それは出来ないと、言おうとしたのだが、剣一郎も市兵衛と同じ思いだった。

第四章　別離

一

剣一郎が駆けつけたときには、もう二つの亡骸の検死が終わり、並んで筵《むしろ》をかぶっていた。

鉄砲洲稲荷《いなり》の近くの雑木林の中だ。今朝方、通りがかった者が犬の鳴き声に不審を持って雑木林に入って行って、死体を発見したのだ。

剣一郎は男のほうの筵をめくった。小柄で、細い体つき。頭に疵痕があった。目を閉じ、白い歯を剝《む》き出しにしている。無念さと恐怖が、その死顔に現れている。袈裟懸けの一刀の下に斬られている。

もうひとりの女のほうも無残に斬り殺されていた。男が忠次だとすれば、この女はおはんだろう。数日前から、忠次とおはんは姿が見えなくなっていた。

「死後、四、五日は経っていると思われます」

京之進がいらだちを抑えて言う。死体の腐敗は進んでおり、だいぶ前に殺されたのは間違いない。

「時蔵の傷と同じだ」

剣一郎が言うと、京之進も無念そうに、

「道場をまわり、示現流の遣い手を探しておりましたが、また先を越されて残念でなりません」

道場を訪ね、示現流の遣い手を調べていたが、今までの捜索の中には該当する侍は浮かび上がって来ていない。

また、示現流の発祥が薩摩《さつま》にあることから、薩摩藩にも聞き込みをかけて、示現流の遣い手を洗い出したが、やはり反応はないようだ。

「最近になって、江戸にやって来たものか、あるいは道場には通っていないのかもしれない」

七福神殺しの首謀者を、七福神が押し込んだ先の商家の誰かではないかと考えており、したがって、押し込まれた六軒のうちのいずれかの商家の者と示現流の遣い手とが繋がっているのではないかと睨《にら》んだものの、まだ、手がかりはつかめていなかった。

野次馬の中に、市兵衛の顔を見つけた。

剣一郎は傍に行き、

「死体を見てもらいたい」

と、声をかけた。

市兵衛が緊張した面持ちで筵の前にやって来た。

「このひとに死体の顔を改めてもらう」

剣一郎は京之進に言う。

京之進が十手の先で、筵をめくった。

しゃがんで覗《のぞ》き込んだ市兵衛の顔が歪《ゆが》んだ。続いて、もう一つの筵の下の顔を見た。

「忠次さんとおはんさんに間違いありません」

立ち上がり、市兵衛は震えを帯《お》びた声で言った。

「この者は、むささびの忠次だ」

剣一郎は亡骸に目を落として京之進に話した。

「青柳さま。いったい、どういうことなのでしょうか」

京之進は市兵衛に目をやった。市兵衛はその場から離れていた。

京之進には市兵衛のことを詳しく話していない。いや、市兵衛から告白を受けたことも、自分の胸に納めてある。

七福神一味の罪を自分ひとりが引き受けるという市兵衛の気持ちに打たれたのも、徳二郎のことがあるからだ。

「京之進。今の者は市兵衛と言い、七福神一味の首領格の男だ」

京之進が目を剝いたが、剣一郎はすぐ抑えた。

「京之進。事態は変わった。目下の急務は七福神殺しの犯人を突き止めることだ。それまで、市兵衛の協力が必要なのだ。だから、あの男をお縄にするわけにはいかない」

「しかし……」

「安心しろ、七福神の身許はすべて押さえてあるのだ」

「なんと」

京之進は改めて剣一郎の探索力に舌を巻いたようだった。

それから、剣一郎は市兵衛のところに向かった。

「我々一味を標的にしているのは間違いないようですね」

市兵衛は深刻そうな表情で言う。

剣一郎はきいた。

「市兵衛。何か、心当たりはないか。押し込み先の誰かだ。押し込んだ先で、一味の誰かが気づかれたのだ」

皆、面をつけて、顔を隠していた。だが、それでも押し込まれたほうの誰かが、正体を摑んだのだ。

「私は声も知られておりますから、一切喋りませんでした。口をきいたのは大黒天の面をつけた喜八だけです」

「だが、何者かが喜八の声を聞き覚えていたということはあり得る」

　市兵衛が足を止めた。

「まさか」

「何か」

「はい。喜八は博打《ばくち》好きでした。金を借りてでも博打に手を出すような男でした。ひょっとしたら、『高砂屋』に出入りしていたことがあるのかもしれません」

「質屋だね」

「はい。そう言えば、時蔵が殺されたのも『高砂屋』に押し入ったあと」

「あり得る。高砂屋は、七福神一味に喜八がいることに気づき、ひとを使って喜八を探させた」

「はい。その可能性が強いように思われます。でも、どうやって探り出したのでしょうか」

「喜八は元船頭だったな。船頭仲間を手繰《たぐ》っていったのかもしれない。ただ、喜八を見つけ出せたとして、そこから他の仲間を探り出せるものなのか」

　ふと、剣一郎は疑問を口にした。

「喜八は信用出来る男なのか」

「はい。喜八は私が根津の遊廓で働いているとき、よく遊びに来ていました。一度、女のことで間違いを起こし、見世の男衆に袋叩きにされかかったのを私が助けてやったことがあります。その後、別ないざこざで喧嘩《けんか》から大怪我を負ったのを康安先生に助けてもらったんです。喜八とは康安先生のところで再会したのですが、私への恩誼《おんぎ》に、康安先生への恩誼。喜八はその二つを忘れてはいません」

市兵衛は、喜八に信頼を置いているようだ。

「ともかく、敵は七福神の仲間のことをすべてわかっていると見ていいだろう。もうひとりの井関孫四郎どのにも注意を呼びかけておいたほうがいいだろう。市兵衛。一度、井関孫四郎どのにも会っておきたい。これから案内してくれないか」

「よろしゅうございます」

井関孫四郎は深川の佐賀《さが》町に住んでいるという。

永代橋を渡り、隅田川沿いを遡り、佐賀町にやって来た。

長屋の木戸をくぐり、露地に入って行く。一軒の家の戸が開いて、浪人者が桶《おけ》を持って出て来た。無精髭を生やしているが、きりりとした顔立ちだ。まだ、三十前だろう。

「おう、市兵衛どの」

井関孫四郎は剣一郎に視線を移した。

「井関さま」

市兵衛が呼びかけた。

「こちらは青柳剣一郎さまです」

一瞬、緊張した顔になったが、すぐに表情を和らげ、

「井関孫四郎でござる」

と、丁寧に挨拶をした。

整った顔立ちの男で、身形《みなり》は貧しいが、荒《すさ》んだ雰囲気はなかった。

「今、水を汲んできます。どうぞ、家に入っていてくださいませんか」

「では、奥さまにご挨拶をして参りましょう」

市兵衛は先に家の中に入った。

二間で、奥の部屋に妻女が寝ていた。

「まあ、市兵衛さま」

妻女が羽織をひっかけて起きて来た。

「奥さま、そのまま」

「いえ。だいじょうぶでございます」

顔は青白く、窶《やつ》れているが、小作りの顔に整った目鼻だちで、どこか気品さえ感じられた。

「こちらは、青柳剣一郎さまです」

「はじめまして」

剣一郎は挨拶をした。

「どうぞ、お上がりくださいませ」

「いえ、ここで」

市兵衛は遠慮し、上がり框に腰を下ろした。

井関孫四郎が戻って来た。台所の瓶に水を移してから、部屋に上がった。

「今、お茶をおいれします」

妻女が立ち上がったのを、

「よい。私がするから」

と、孫四郎が抑えた。

「いえ、だいじょうぶですわ」

「そうか」

孫四郎は改めて市兵衛と剣一郎の前にやって来た。

「奥さまも、だいぶお加減がよろしいようですね」

市兵衛が安心したように言う。

「おかげで全快ももうじきだと、康安先生に言われました。正直、一時はどうなることかと思いましたが、康安先生のおかげです」

「失礼だが、江戸にはいつ？」

剣一郎がきいた。

「三年前です。私は西国のある藩に勤めておりました。妻も、その藩の重役の娘でございました。わけあって、ふたりで江戸にやって来たのです」

井関孫四郎は妻女と駆け落ちして江戸にやって来たということは、市兵衛から聞いていた。

妻女がお茶を運んで来た。

「すみません」

市兵衛が言い、剣一郎も頭を下げた。

「江戸の水は妻には合わないようなので、妻には国に帰るように勧めているところです」

孫四郎が言うと、妻女の強い声が返って来た。

「私は帰りません」

「その話は、またあとでいたそう」

「いえ。市兵衛さんの前ですが、私もはっきり言わせていただきます。私ひとりで国に帰るつもりはございません。あなたといっしょでないのなら、どこにも行きません」

「そのような聞き分けのないことを」

「いえ。私はあなたと別れるつもりはありません」

妻女は悲しそうな目で訴えた。

「井関さま。どういうことなのでございますか」

「私といっしょにいても妻にこんな暮らししかさせてやれない。それで、妻の病気が快復に向かっていると聞いて、国元の私の実家に手紙を書いたのです。私の兄が、妻の実家と話し合い、その返事が参りました。私と別れるのなら、妻を許して引き取ると妻の両親からの言づけが書いてありました。ですから、妻にそのことを伝えたのです」

「そうでしたか」

市兵衛が複雑な表情をした。

「井関どのについては、国のほうではなんと言って来ているのですか」

剣一郎がきいた。

「同じです。妻と別れれば、家に戻ってもよいとのことでした。ですが、私は帰るつもりはありません」

「私も帰りません」

「私とこのまま江戸にいても、おまえを幸せにはしてやれぬ。どうか、帰っておくれ。おまえさえ、幸せになってくれたら、私はひとりで何とでもなる」

「いやでございます。あなたと別れて幸せなどなれるわけがありません。別れるくらいなら、死んだほうがましでございます」

孫四郎は唇を嚙《か》んだ。

「申し訳ありません。お見苦しいところをお見せして」

妻女が詫びた。

「いえ。とんでもない」

茶を飲み干してから、

「井関さま。ちょっとよろしいでしょうか」

と、市兵衛は外に誘った。

孫四郎は頷いて立ち上がった。

「お邪魔しました」

剣一郎は妻女に挨拶をした。

外に出て待っていると、孫四郎がやって来た。

土手に上がる。隅田川から冷たい風が吹いて来た。柳の葉も散り始めており、土手の草木も末枯《うらが》れている。

「井関さま。本気で奥さまを国元にお帰しになるおつもりですか」

市兵衛が痛ましげにきいた。

「私といっしょにいたら妻を不幸にするだけです。妻が病気になったとき、私は駆け落ちしてきたことを後悔しました」

孫四郎の声が悲痛に聞こえたのは、妻と別れることの辛さを必死に耐えているせいだろう。

「康安先生のおかげで妻も快方に向かい、私はもう思い残すことはありません。妻を国に帰したあと、お裁きを受けるつもりです」

「井関さま。私が七福神にお誘いしたばかりに、あなたさまによけいな苦労をおかけしたのではないかと、私はそればかりが心苦しいのでございます」

「いや。市兵衛どのには感謝をしています。康安先生への恩誼、そして、康安先生を頼りにしている貧しいひとたちのことを考えたら、少しでもお役に立てたことを誇りに思っております」

「そう仰っていただけると、この市兵衛、救われた気持ちになります」

そこで、市兵衛は厳しい顔になって、

「じつは、今朝方、布袋の面をつけていた男が斬られました。先に、寿老人の男が斬られ、また福禄寿の男が大怪我を負いました。相手は示現流の遣い手。井関さまも十分にご用心をしていただきたいと思いまして」

「そうですか。あの者たちが……」

仲間を殺された悲しみに襲われたのか、孫四郎は目をしょぼつかせた。

「十分に気をつけます」

孫四郎は言ったあとで、

「青柳さま。妻は何も知りません。どうか、妻が国に帰るまで、お見逃しいただけませんか」

「心配はご無用。今は七福神殺しの犯人を捕まえることが第一。それより、示現流の遣い手には十分に気をつけることだ」

「はい。わかりました」

「どうぞ、奥さまがお待ちでしょうから」

市兵衛が帰るように勧めた。

「では、失礼します」

引き上げて行った孫四郎を見送りながら、

「きっと妻女は国には帰るまい」

と、剣一郎はさきほどの覚悟に満ちた妻女の言葉を思い出していた。

二

白粉《おしろい》の匂いと酒の匂いが混じり、卑猥《ひわい》な空気が入り乱れ、頭がふらついてきた。また、吐き気を催し、剣之助はあわてて窓を開け、外に顔を突き出した。

冷たい風を顔に受け、深呼吸を繰り返す。どうにか、吐き気が治まった。

「剣さん。早く、こっちに来て」

胸をはだけた女が虚ろな目で呼んでいる。

「わかった」

剣之助は呂律《ろれつ》のまわらない声で言い、窓から離れたが、寝そべっている時次郎の足につっかかってよろけた。

時次郎は敵娼《あいかた》の腰に手をまわしたまま、うつ伏せに寝ていた。女も仰向けのまま、口を半開きにして寝ている。

見苦しい。一瞬、そう思うのだが、あとは麻痺《まひ》したように、何も感じなくなる。

剣之助は起き上がると、障子を開けて、廊下に出た。

「どこへ行くのさ」

気だるい声が背中に聞こえた。およしだ。

「小便だ」

剣之助は梯子段を下り、暗い廊下の突き当たりにある厠《かわや》に向かった。およしもついて来た。

小便をして、厠を出ると、およしが縁側から庭に向かって這《は》いつくばるような格好をしていた。

「呑み過ぎたか」

剣之助はおよしの背中をさすった。

「違う。蛍《ほたる》」

「蛍？　もう蛍なんていないよ」

「そうかな。悲しそうに光っていたのよ」

「月明かりが、何かに照り返していたんじゃないのか」

剣之助もいっしょになって軒下を見たが、そのうちに気持ち悪くなってきた。

およしは深川の漁師の娘で、剣之助より年上の十九歳。色は黒く、小肥りで、器量はちっともよくないが、笑うと細い目がなくなり、愛嬌《あいきょう》のある顔立ちだ。それに、開放的な性格で、明るいのがいい。なんでも、ずけずけものを言う。

剣之助がはじめて付き合った、お志乃。それから、若いのに色気のある女太夫のお糸《いと》に比べたら、およしは女の部類に入るのかと疑問を持つほどだ。

だが、およしといっしょにいると、心が裸になれる。お志乃やお糸の前では気を張っていなければならないが、およしの前では泣き言も言えるし、我《わ》が儘《まま》も言えるのだ。

「ねえ。ちょっと外に出てみようか」

およしが誘った。ちょうど庭下駄が二足、出ていた。

「叱《しか》られるぞ」

「すぐ戻ってくれば、わからないわ」

「よし、行くか」

ふたりは、裏木戸を出た。

堀沿いを歩き、洲崎《すさき》のほうに出た。

「きょう、十三夜ね」

「そうだ。後の月だ」

剣之助は丸く大きな月を眺めた。

汐の香りが漂う。

ふたりは松林の中に入った。

そこは、月明かりが遮られ、真っ暗だ。

「あそこに座ろう」

剣之助とおよしは並んで腰を下ろした。すぐに、およしが剣之助の腕にしがみついてきた。二の腕に、およしの豊かな乳房が当たる。

まだ、胸はむかむかしていたが、じっとしていると、だんだん落ち着いてくるようだった。

時次郎に誘われ、こわごわ足を踏み入れた悪所は、濁った空気が淀《よど》み、欲望剝き出しの男や汚らわしい女たちが蠢《うごめ》いていた。最初は吐き気を催すほどの不快感があったが、二度、三度と重なるにつれ、いつしかそういう頽廃《たいはい》的な雰囲気に心地よさを覚えるようになっていった。

不潔だと思っていた女たちが根は純真な心の持主だと気づくまでには、そう時間がかからなかった。

「剣さん。そろそろ、帰ろうか」

およしが囁《ささや》くように言う。

「そうだな」

四半刻（三十分）は、ここにいたかもしれない。

「よし、行こうか」

立ち上がろうとしたとき、人声がした。

「誰か来る、こっちへ」

剣之助はおよしの手を引いて、松の木陰に身を隠した。

「逢い引きかしら」

「しっ」

ふたりはじっとした。

二つの影が近づいて来た。

「じゃあ、明日」

若い男の声だ。若いといっても三十前ぐらいか。

「女は気がすすまんが」

侍だ。若い男より、頭一つ以上も背が高い。

「でも、旦那の依頼ですからね。それに、皆殺《や》ってもらわないと、あっしも困るんすよ。じゃあ、明日の夜、女を誘《おび》き出しますので」

「なぜ、市兵衛から殺らぬのだ」

「恐怖を味わわせたいのでしょう。まず、それだけ、憎しみが強いということでしょう。じゃあ、頼みましたぜ」

「待て」

ふと、侍が立ち止まった。

「どうしやした？」

およしが剣之助にしがみついた。

草むらでがさがさという音がした。

「なんだ、犬かなんかですよ」

「うむ」

巨軀《きょく》の男が頷いた。

やがて、二つの影が遠ざかって行った。

「怖かった」

およしが歯を鳴らして言った。

「早く、行きましょう」

「待て。まだ、危ない」

剣之助はおよしを抑えた。

遠くへ去ったと見せかけて、どこかから様子を窺っているかもしれない。

背後で、がさがさという音。

およしが悲鳴を上げそうになったので、剣之助はあわてておよしの口を押さえた。

やがて、犬が一匹飛び出して来た。

剣之助も吐息をついた。

それから、急いで見世に戻った。

「あのふたり、何の相談をしていたのかしら。まさか、女のひとを殺すつもりじゃ……」

「そんなことはない。忘れることだ」

部屋に戻ると、時次郎が起きていた。

「どこへ行っていたんだ？」

時次郎がにやにやしてきいた。

剣之助は曖昧《あいまい》に笑った。

「まあ、いい。さあ、帰ろう」

「よし」

「もう、そんな時間」

およしが未練たらしく言う。

女たちに見送られて、剣之助と時次郎は家路を急いだ。途中を走ったり、歩いたりしながら、永代橋を渡って、八丁堀の組屋敷に戻った。

時次郎と別れ、自分の屋敷の冠木門の脇の潜り戸を押して中に入った。

台所で、杓《ひしゃく》にすくった水を飲んでいると、背後にひとの気配がした。

振り返ると、母が立っていた。

「母上、ただいま帰りました。いろいろ、付き合いがありまして」

無言の威圧に耐えきれずに、剣之助は言う。

「早く、寝なさい」

母はそれだけで去って行った。

水を飲んで、ようやく落ち着いた。すると、さっき洲崎の海岸で聞いた会話を思い出した。およしの言うように、女をどこかに誘き出して、殺そうとしているのではないか。だんだん、そんな気がしてきた。しかし、女が誰で、どこに誘き出すのか、剣之助にはさっぱり見当がつかない。

ただ、手掛かりは市兵衛という名前だけだ。

翌朝、剣之助は父に呼ばれた。きっと、お小言だと思い、うんざりしたが、そうだと、覚えずにんまりした。

父の部屋に行くと、案の定、父は気難しい顔で、

「ここへ座れ」

と、言った。

「きのうも、遅かったそうだな」

父が切り出したので、剣之助がすぐに切り返した。

「父上。そのことですが、じつは殺しの相談を耳にしました」

「なに、殺しだと？」

半信半疑の顔つきで、父は剣之助を見た。

「はい。町人ふうの男と巨軀の浪人者が話していたのを聞いてしまいました。女を殺るのは気が進まないとか、なぜ市兵衛から殺らないのかと……」

剣之助は声を止めた。

父の形相が恐ろしいものになったからだ。

「剣之助。続けろ」

「明日の夜、女を誘き出すと言っていました」

「明日の夜というと、今夜ということだな」

「そうです」

「よし、剣之助、話は明日だ」

父はそう言って、勢いよく立ち上がった。

（助かった）

覚えず、剣之助はため息をもらしたが、父の様子を振り返り、いったい何事なのだろうと、改めて昨夜の二人連れのことを思い出していた。

三

その夜、剣一郎はおまきの家が見通せる場所にいた。おまきは、ここから芝居町にある茶屋に通っていたが、徳二郎のことがあってから、茶屋勤めを休んでいた。

今朝、剣之助が話した内容は、重大なことだった。誘き出すという女は、市兵衛という名が出たことから、おまきであると考えられたのだ。

しかし、果たしてそうであるかはわからない。市兵衛という同名の男がいるのかもしれないからだ。

おまきに伝えて、誘いに乗らぬように言うべきか迷ったが、もし、敵の誘き出しなら、敵をとらえる絶好の機会になると思い、京之進にも声をかけた。京之進は、さらに遠巻きに見張っている。

五つ（八時）過ぎに、格子戸が開き、おまきが出て来た。

おまきは下駄を鳴らして、やや俯《うつむ》きぎみに歩いて行く。剣一郎はゆっくりあとをつけた。京之進たちも剣一郎の動きに合わせているはずだ。

雲が出ていて、丸い月は雲間から見え隠れしている。

おまきが永代橋を渡って行く。剣一郎は神経を集中させている。いきなり、賊が現れて、斬りかかられたら、助けに駆けつける前に、おまきが斬られてしまう可能性があるからだ。

永代橋を渡り切ってから、おまきは隅田川沿いを下流の方角に向かった。そして、富ヶ岡八幡宮のほうに曲がらず、そのまま熊井町に向かう。

市兵衛の家に向かうようだ。

この先に、空き地があったことを思い出した。市兵衛の家はその空き地の脇を突っ切って行かねばならない。

襲撃に絶好の場所だ。剣一郎は足早におまきとの間隔を狭めた。

雲が切れ、月明かりが射した。その光が、おまきの前方に現れた黒い影を浮かび上がらせた。

剣一郎は走った。

「待て」

剣一郎の声が闇に轟《とどろ》いた。

おまきは身を翻《ひるがえ》して、こっちに逃げて来た。

賊は剣を構えて、剣一郎を待っていた。巨軀だ。

「また、会ったな。徳二郎の仇だ」

剣一郎は刀を抜いた。

相手は、右肘《みぎひじ》を後方に引き、肩より高めに上げた。左腕の脇を締め、左手を刀の柄に添えて、刀を後方に高く構えている。

示現流のとんぼの構えだ。

いきなり、敵が独特の気合をかけ、一直線に斬り進んで来た。示現流の一の太刀だ。

剣一郎は抜刀し、唸《うな》りを生じさせながら、剣一郎の左肘を襲って振り下ろされた剣を受け止めた。

手に痺《しび》れるような衝撃が走った。示現流独特の右手一本での左肘切断の初太刀だ。

敵は右手ひとつで刀を握り、剣一郎の刀と鍔迫り合いになった。が、敵の左腕が生きもののように伸び、左拳が剣一郎の目に向かってきた。

剣一郎はぐっと力を入れて押し返し、体を開いて相手の刀を受け流し、拳の攻撃を避けた。

提灯の明かりが揺れていた。数人の足音が重なって聞こえた。京之進だ。

いきなり、敵は刀を引き、踵《きびす》を返して暗闇に消えた。

剣一郎は肩で呼吸をしていた。

示現流は「一の太刀を疑わず、二の太刀は負け」というぐらい、最初の攻撃に生死を掛けて攻撃してくるのだが、今の男は鍔迫り合いになったときに、驚くべき武器を持っていた。

それが左手の攻撃だ。右手一本で鍔迫り合いを演じるほどの並外れた腕力が、それを可能にしている。

さっきは拳の攻撃だったから、なんとか避けられたが、もし、敵が小太刀を持っていたら、剣一郎は鍔迫り合いの最中に目を串刺《くしざ》しされたかもしれない。

「青柳さま、だいじょうぶでしたか」

「うむ」

「青柳さま。ありがとうございました」

おまきが近寄って来て礼を言った。

「危ういところだった。市兵衛のところに向かうところだったのか」

「はい。市兵衛さんに呼ばれたのです」

「市兵衛さんに？　本人から直接に呼び出しを？」

「いいえ。市兵衛さんのところの、喜八というひとがやって来たのです」

「何、喜八」

やはり、喜八が裏切っていたのだ。時蔵も、忠次も、喜八の誘いだから誘き出しに乗ったのだ。

喜八は市兵衛といっしょに住んでいる。そういえば、さっき渡り合ったとき、あの侍から血の臭いを嗅いだ。

「まさか」

剣一郎は市兵衛の家に向かって駆けた。

格子戸を開けて、呼びかけた。家の中は暗いが、奥から行灯の明かりが漏れていた。剣一郎は奥に向かった。

明かりの灯っている部屋の前に立ったとき、微かに血の臭いが漂った。剣一郎は絶望的な気持ちで障子を開けた。

市兵衛が脳天を割られて絶命していた。あとから駆けつけて来た、おまきが絶叫した。


翌日、剣一郎は徳二郎のところに行った。おまきもいっしょだった。

剣一郎の顔を見て、徳二郎がゆっくり半身を起こした。

「徳さん。起き上がれるようになったのか」

剣一郎はきいた。

「ああ、だいぶ、よくなった。それより、一さん。何かあったのか」

おまきもいっしょだったことに異変を感じ取ったのだろう。

「徳二郎さん。驚かないで。ゆうべ、市兵衛さんが殺されたの」

おまきが涙声で伝えた。

「市兵衛さんが？」

徳二郎は目を剝いたまま、

「俺を襲った奴か」

「そうだ。示現流を遣う侍だ」

「ちくしょう。なんてこった」

徳二郎は悔しそうに拳を握りしめた。

「あたしも襲われたの。それを青柳さまに助けてもらったの」

「奴ら。俺たちを皆殺しにするつもりなんだな」

徳二郎は苦い顔で言う。

市兵衛らが殺されたのは報復だ。被害に遭った六軒の商家のうちの誰かが示現流の浪人を使って報復したのだ。

その中で、怪しいのが質屋の『高砂屋』だ。剣一郎はそれとなく京之進たちに『高砂屋』を見張るように指示をしておいたが、まだ尻尾を出していない。

剣一郎は思いついてきいた。

「七福神のことなんだが」

徳二郎もおまきも一瞬固い表情になった。

「最初から七度の押し込みで止めることになっていたのかね」

「そう。市兵衛さんは、それでお互いの縁を切り、それぞれ普通の生活に戻してやろうとしたんだ」

「その七軒は予《あらかじ》め決めてあったのか」

「そうよ。市兵衛さんはすべてを決めていたわ」

「その七軒目はどこだったんだね？」

「日本橋北の橘《たちばな》町一丁目にある油問屋の『浅野屋《あさのや》』です」

「『浅野屋』？」

「はい。かなりあくどい商売をしているとこです。じつは、この『浅野屋』からだけは千両を盗むつもりでした。市兵衛さんは、この男だけは許せない、と仰っておいででした」

「『浅野屋』か……」

剣一郎は頭の中で何かが激しく舞っているのを意識した。やがて、それが静かになったとき、あることに思いが向いた。

「七軒目を諦めたのは徳さんが怪我をしたためだったね」

「そうだ。市兵衛さんが七人揃わなければ止めると前々から言っていたんだ」

時蔵が殺されたときは、忠次の情婦おはんを身代わりに立てたが、徳二郎の場合にはそうはいかなかったのだ。

七軒目の『浅野屋』への押し込みが中止になったことと、七福神殺しは関係ないのだろうか。しかし、浅野屋は自分のところが今度は狙われているとはわからない。ただし、喜八が訴えれば別だ。

ひょっとして、喜八が『浅野屋』に駆け込んだのだろうか。

「市兵衛さんは、あたしたちの先々のことを考えてくれていたのにね」

おまきがしんみりした口調で言ったので、剣一郎は我に返った。

「市兵衛さんが殺られたのは俺の失敗だった。もっと、早く手を打っておくべきだった。まさか、喜八が裏切っていたとは……」

「喜八が？」

徳二郎がきいた。

「そうよ。あの男があたしたちを裏切っていたのよ」

「そうだったのか。あの野郎」

徳二郎は無念の形相で、

「許せない。喜八を許すわけにはいかない」

「徳さん。これからのことなんだが」

剣一郎は迷った末に、

「敵の狙いは、残る三人。徳さんにおまきさん、それに、井関孫四郎。この三人の身を守るには……」

「一さん。待ってくれ。一さんの言わんとしていることはよくわかる。でも、それは、もう少し待ってもらいてえ」

「徳さん」

「すべて片づいたら、自首する。それまで待ってくれないか。勝手な言いぶんだということは承知で言っているのだ」

「徳さん。待ってやりたい。だが、俺としては、徳さんたちの身を守るには、小伝馬町《こでんま》しかないと思っている。決して、悪いようにはしない」

「わかっている。あっしたちのところに町方がやって来ないのは一さんが抑えているからだろうことはわかっている。それだけじゃなく、あっしたちの罪を軽くしようと苦心しているに違いない。そいつはありがたく思っている」

言葉を切り、徳二郎は続けた。

「でも、あっしたちはどうせ死罪、よくても遠島だろう。どっちみち、あっしたちの人生は終わったんだ。だったら、最後の命を、市兵衛さんの仇《かたき》討ちに使いたい」

おまきを康安のところで預かってもらうことも考えた。まさか、敵もここには襲い掛からないであろうと思ったのだが、その保証はない。万が一のときは、他の患者も巻き添えになりかねない。

「そうね。あたしの人生も終わったのね。でも、あたしは後悔なんかしてないわ。市兵衛さんのおかげで、お嬢さまを身請け出来たし、康安先生の助けも出来たんだものね」

　おまきが、徳二郎の言葉に同調した。

「あっしだって、そうだ」

　ちょっと間を置いてから、

「このまま死罪や遠島になりたくない。あっしは市兵衛さんや他の仲間の仇をとってやりたいんだ。とくに、喜八は許せない」

「あたしもよ」

　徳二郎はおまきの返事に満足したように頷き、そして、剣一郎に目を向けた。

「一さん。あっしらに仇討ちをさせてくれ。市兵衛さんを殺した奴らをこのままにしていたんじゃ、あの世で、おさよに顔向け出来ない」

「徳さん」

「一さんに迷惑をかけるかもしれねえ。だが、あっしたちが牢《ろう》に入っちまったら、そこで敵は動きを止めざるを得ない。動かないことには捕まえる機会もないんだ。そうなったら、結局、このままになってしまう」

確かに、徳二郎の言うとおりだった。三人が小伝馬町の牢に確保されれば敵は手出しが出来ず、三人が襲われることはない。

「敵はそのままで、俺たちだけ死罪になるなんて耐えられない。一さん。もうしばらく見逃してくれ。あっしたちを囮《おとり》にして、敵を誘き出してくれ」

激しい覚悟を見せて、徳二郎が言った。

「わかった、徳さんの言うとおりにしよう」

「すまない。それから、もう一つ、お願いがある」

「なんだね」

「あっしがここにいたのでは、敵は襲ってこない。いや、仮に、襲って来たら、康安先生やほかの者を巻き添えにしてしまいかねない」

「うむ」

「それで、あっしはおまきさんのところでやっかいになろうかと思う」

剣一郎はおまきの顔を見た。

おまきは頷いた。

「よし、わかった。そうしよう。しかし、それは危険なことかもしれない」

「ああ、覚悟は出来ている」

「徳さんたちの身は命懸けで守る」

「一さんに、そう言ってもらえれば、大船に乗ったと同じだ」

徳二郎は笑ったが、すぐに厳しい顔になった。


その日の午後、宇野清左衛門に呼ばれて、年番方の部屋に行くと、長谷川四郎兵衛が来ていた。

それまで、宇野清左衛門と話していたのを止め、長谷川四郎兵衛は剣一郎のほうに体の向きを変え、眦《まなじり》をつり上げて言った。

「七福神の黒幕は康安である。直《ただ》ちに、康安をお縄にすべきである」

京之進からの報告が間違って上がっているようだ。

「お言葉でございますが、康安先生は押し込みには一切関わりはありません」

剣一郎は言下に否定した。

「何を申すか。盗んだ金の大半は康安の所に入っているのだ。それなのに、どうして関係ないと言えるのか」

四郎兵衛は目を剝き、頰を震わして言う。

「七福神の首謀者は市兵衛なる者。この者が仲間を集い、計画を実行に移したもの」

「だまらっしゃい。他人のために危ない橋を渡る愚《おろ》か者がどこにおる」

「そういった者を、市兵衛は集めたのでございます」

「だから、自分の利益にならないことをする者がどこにいるかときいているのだ」

「市兵衛たちがそうです。貧しい者が病気になっても医者にかかれないで死んで行く。そういうことがないように、勝手に援助していたのです」

「ふん。康安は盗人の金を使って人助けをしていたわけだ」

「康安先生は、市兵衛を商家のご隠居と信じていたのです」

「貧しい者たちのためには小石川に養生所がある。貧乏人はそこに行けばいい」

「小石川養生所だけでは足りません。それに、康安先生は往診をしているのです。場合によっては、お上が援助すべきことじゃないでしょうか。それを、市兵衛が代わってやっていたのです」

「そなたは市兵衛にずいぶん肩入れをするが、まさか、七福神一味から付け届けをもらっているわけではありますまいな」

さすがに剣一郎も腹に据えかね、

「長谷川さま」

と、口調を変えた。

「七福神が押し込んだ先は、かつて市兵衛が康安先生の医院に援助を申し入れに行って断られたところばかりです。そのうちの、ある商家は長谷川さまに付け届けをなさっていたようでした」

「何を申すか」

長谷川四郎兵衛があわてた。

「長谷川さまへの付け届けはしても、康安先生の援助はもったいなくて出来ない。七福神はそういう商家に押し入ったのでございますよ。それも、自分のためでなく……」

「だまらっしゃい。もう、よい」

四郎兵衛は癇癪《かんしゃく》を起こし、席を蹴って引き上げて行った。

「怒らせてしまったようですな」

剣一郎はうんざりした顔で言う。

「まあな。長谷川どのも、あれはあれで苦しい立場でもあるのだ。お奉行の威信を守らねばならないし、付け届けをもらっている商家の手前もあるし……」

「宇野さま。七福神一味のうち、時蔵、忠次、そして市兵衛の三人が殺されました。喜八という男が裏切ったわけですから、残りは三人です。この三人について、なんとか特別の配慮をいただけませぬか」

「しかし、御法は御法だからな」

清左衛門は難しい顔をした。

「この三人の者は自分のためでなく、他の者のためにあのような犯罪に走ったのです。もし、お上がちゃんと手を打っておいたら防げたかもしれません」

「青柳どののお気持ちはよくわかるが……」

清左衛門は顔をしかめた。

「お奉行にもお頼みしてみるつもりです」

「うむ」

唸ったきり、清左衛門は口を閉ざした。

四

枯山水の庭に、鹿威《ししおど》しの音が甲《かん》高く響いた。

質屋『高砂屋』の長右衛門は油問屋『浅野屋』の別邸に招かれていた。長右衛門が、例の件でと話を持ち出すと、浅野屋金兵衛《きんべえ》が長右衛門を茶室に誘った。内密の話をするときは、茶室を使っているのだ。

金兵衛が釜から湯を茶碗に移し、茶筅《ちゃせん》を使う。

「また、死人が出たようですね」

長右衛門は金兵衛の点前《てまえ》の手元を見ながらきいた。忠次という男とその情婦に引き続き、市兵衛をも殺したのだ。

これで、四人が死に、ひとりが重傷を負ったことになる。まさか、金兵衛がそこまですることは思わなかった。

　金兵衛は鶴のような細い首を持ち、背のひょろりとした男で、冷酷そうな目に見つめられると身の竦《すく》む思いがする。

　若い頃、ひとを殺したことがあるらしいという噂があるが、その目を見るとほんとうのことのように思えるのだ。

『浅野屋』は最初は小さな油問屋であったが、主人が亡くなって立ち行かなくなった、他の油問屋を傘下に収め、あるいは店を乗っ取り、賄賂《わいろ》なども使って、どんどん自分の店を大きくして行ったのだ。金兵衛は、自分の店を大きくするにあたり、商売敵を露骨な手段で取り潰していったという、噂もある。

「高砂屋さんは、そう気にすることはありませんよ。悪いのは相手のほうですからね」

「でも……」

　何か言いかけたが、長右衛門はすぐ口をつぐんだ。言えば、金兵衛に対する非難になると思ったからだ。

　金兵衛とは、長右衛門がまだ『高砂屋』の手代でいる頃からの付き合いだった。十代の頃から博打場に出入りをしており、『高砂屋』の先代に拾われたあとも、ときたま賭場へ足を運んでいた。そこで、知り合ったのが、浅野屋金兵衛だった。金兵衛はやくざな雰囲気を持つ長右衛門のことを、なぜか気に入ってくれたようだった。

高砂屋の身代を継いでから、店が困ったときに金銭的に援助をしてもらったことがあるが、質《たち》の悪い客に質草を種に恐喝紛いの威しをかけられたときなどにも、金兵衛に頼んで助けてもらって来た。そういう関係だった。

「もう、これで七福神も壊滅したも同じです」

金兵衛は茶碗からすくい上げるようにとった茶筅を脇に置き、茶碗を長右衛門の前に置いた。

手を伸ばし、長右衛門は茶碗をとって手前に引いた。

茶を飲み終えるのを待ってから、

「徳二郎なる者とおまきという女のふたりの襲撃に失敗しましたが、市兵衛さえいなければ、もう七福神が復活することはありますまい」

と、金兵衛が言う。

茶碗を戻してから、長右衛門は、

「あのお侍さんは、いったいどういうひとなのですか」

と、『浅野屋』の用心棒になっている浪人のことをきいた。

金兵衛は茶碗を受け取り、膝前に置いて、杓《く》で湯を汲みながら、

「まあ、一言で言えば、ひとを斬ることが三度の飯よりも好きということでしょうか」

長右衛門はいやな臭いを嗅いだように眉をひそめた。

「あの侍は、伏木為三郎《ふしきためさぶろう》と言いまして、元薩摩藩の藩士です。七年前に、国元で女の絡《から》んだ揉《も》め事から、朋輩《ほうばい》三人を殺し、商家から金を盗んで藩を去ったそうです。ときたま、藩からの追手がやって来ましたが、いつも返り討ちにしていました」

　金兵衛が伏木為三郎と出会ったのは三年前だという。深川の呑み屋の前で、酔っぱらって土地の地回りの連中と大立ち回りを演じていたところを通りかかったのだという。

　巨軀で、腕が丸太のように太く、強そうな浪人だった。その頃、商売敵と揉めており、相手は、いつも浪人者を二、三人連れていた。その浪人者が、闇討ちを仕掛けてくる不穏な動きもあった。そのために、金兵衛はこの男を用心棒に使おうと思って、声をかけたのだという。

　数日後、金兵衛は手拭いで頰被りをした三人の侍に取り囲まれた。だが、伏木為三郎が三人を簡単にやっつけてしまった。それから、商売敵は金兵衛に逆らわなくなったという。

　その後、特に用心棒を頼みにする揉め事はなく、伏木為三郎にずっと無駄飯を食わして来た。為三郎は、金兵衛の今は使っていない妾宅に住んでいるという。

「まあ、あの男の腕がいつか役に立つときが来るかもしれないと、こっそり面倒を見てきたことが、長右衛門さんのお蔭で、今回ようやく役に立ったというわけです」

　長右衛門さんのお蔭で、というのは、長右衛門が喜八のことを浅野屋に話したことを指している。

この七月、『高砂屋』は七福神に押し込まれた。皆、七福神の面をつけていた。その中の大黒天の面をつけた男が、「土蔵の鍵を出せ」などといろいろ命じた。

その声を聞いて、あとで和太郎が「あれは喜八という男ではないか」と言い出したのだ。喜八は元船頭で、自分が勤めていた船宿から盗んだ置物を質入れに来たこともあったという。和太郎が言うには、土蔵に閉じ込められるとき、大黒天の男の手首に稲妻のような傷跡を見た。喜八にも同じ傷跡があったという。

しかし、長右衛門は半信半疑で、証拠もないことなので、奉行所には言わなかった。だが和太郎は喜八だと言ってきかない。

役人の取調べが済んだ数日後、浅野屋の主人金兵衛が店にやって来た。見舞いに来てくれたのだと思ったが、じつはそうではなかった。

市兵衛という男が医師の康安の援助を求めにやって来たことはないか、と金兵衛がきいたのだ。

金兵衛は根津の遊廓に遊びに行っていた頃、そこの遊廓で働いていた市兵衛と顔馴染《なじ》みになっていた。その市兵衛が去年、金兵衛の店に康安への支援を頼みに来たという。もちろん、金兵衛は断った。すると、市兵衛は、娼妓に使う金があっても、貧しいひとを助ける医者に援助する金はないのかと捨て台詞を残して引き上げて行ったという。

その市兵衛が最近、康安への援助を続けているということを知り、金兵衛は市兵衛が七福神の仲間ではないかと疑ったのだ。

もし、そうだとすると、いずれ自分の店にも押し入るだろうと、浅野屋は考えたのだ。

もちろん、証拠のあることではなかった。

長右衛門は市兵衛が援助の申し入れに来たことを告げたあと、改めて喜八のことを話したのだ。

すると、金兵衛はひとを使って喜八を探らせたのだ。そして、喜八が市兵衛の家にいることを知った。

その後の展開は長右衛門の予想外のことだった。喜八が裏切ったのだ。七福神の首謀者が市兵衛だと知り、金兵衛は市兵衛に対する憎悪から七福神一味の抹殺を図ったのだ。

喜八の協力があれば、一味を誘き出すことは容易だったろう。まず、時蔵を誘き出して殺し、次に、徳二郎なる者を襲った。だが、青痣与力こと、青柳剣一郎に邪魔された。その一方で、元盗人のむささびの忠次と情婦を殺し、さらに今回、市兵衛を殺したのだ。おまきは再び青柳に邪魔されて、失敗に終わった。

「浅野屋さん。一味はあと三人残っております。その三人も始末するおつもりですか」

長右衛門は不安そうにきいた。

「いや。あとひとりです」

「あとひとり？　誰ですか」

金兵衛は含み笑いをした。

「喜八ですよ」

「喜八？」

喜八は仲間ではないかと言おうとすると、金兵衛は落ち着いた口調で、

「奴は金で我々の仲間になった。裏切る人間は、いつか我らも裏切りますからな」

ふと笑い、

「それに、喜八さえいなくなれば、すべて闇に葬りされます」

恐ろしい男だと、長右衛門は思った。

「しかし、あの伏木さまは大丈夫なのでしょうか」

「あの男は心配ない。それに、あの男は今度、ある藩に仕官出来ることになった。剣術の腕を買われたのですが、江戸家老への賄賂もきいている」

「その賄賂の金を得るために、今度の殺しを？」

「そうです。ひとり、十両。七人で七十両の約束でした。放っておくと、あとの三人も襲うでしょうが、喜八だけやれば最初の約束どおり、七十両を渡すことにしました。その代わり、喜八を殺ったあとは、すぐにその藩邸に入り込むことになっています。正式に仕官する前でも、藩邸で過ごすことが出来るようですから」

金兵衛は余裕の笑みをもらした。

「さあ、向こうに行きましょう。あの先生ももう来ているはず」

金兵衛は腰を浮かせた。先生とは、神田須田《すだ》町に住む医師の村井道拓だ。

茶碗などは、あとで女中に水屋に片づけさせるつもりなのだろう、金兵衛は長右衛門といっしょに茶室を出た。

母屋の裏口から入り、中庭に面した座敷に向かった。

障子を開けると、医師の道拓が、呼び寄せた芸者を相手に酒を呑んでいた。

「浅野屋さん。いただいております」

道拓は目尻を下げて言う。

「たんと、お召し上がりください」

金兵衛が愛想よく言い、長右衛門を見て、

「さあ、どうぞ」

と、席を示した。

長右衛門が座ると、

「さあ、高砂屋さんも。さあ、お一つ」

と、道拓が銚子を差し出す。

流行《はや》り医者であり、富裕の者しかかかれない医者である。往診にやってくるときは御免駕籠《かご》に乗り、黒い振り袖を着た四人の駕籠かきに担がせ、供の者に薬籠《やくろう》を持たせて町を行く。

貧乏人を診《み》ないというより、貧乏人はあまりにも診察料が嵩《かさ》み、診てもらうことが出来ないのだ。

そんな道拓にとって、医師康安の出現は不快なものだったようだ。貧乏人相手なら、それでよい。しかし、康安の腕の確かさから評判が評判を呼び、富裕の者まで康安の所に足を向けるようになった。

その影響は道拓にてきめんに現れた。玄関前の待合室は薬取りの患者であふれ返っていたものが、最近では数人が待っているだけという状況になった。

おそらく、金兵衛が七福神の皆殺しを図ったのも、この道拓の望みもあったからかもしれない。それほど、俗っぽい医師なのだ。

長右衛門が盃《さかずき》を受け取って口に運ぼうとしたとき、廊下を擦《す》る足音が聞こえた。

金兵衛が盃を持ったまま眉をひそめた。

「旦那さま」

女中の声だ。

「何事です」

「失礼します」

女中が障子を開け、

「今、高砂屋さまのお店から使いがやって来ました。若旦那さまが血を吐いて倒れなさったそうです」

まさか、自分への言づけだとは思っていなかったので、長右衛門は息が詰まりそうになった。

「血を吐いた？」

長右衛門は無意識のうちに声をあげていた。

「はい。すぐ道拓先生の所に使いをやったそうですが、いらっしゃらなかったとのこと」

道拓はここに来ているのだ。

「わかりました」

長右衛門は身中に震える思いで女中に答えた。

「高砂屋さん。そんな落ち着いている場合ではありません。さあ、急いで。駕籠を二つ、頼んで来てくれ」

金兵衛が女中に命じた。

「はい」

女中が走り去って行った。

「道拓先生」

金兵衛が呼びかけると、道拓は一瞬迷惑そうな顔になって、

「心配はいりますまい」

と、平然と言った。

長右衛門はすっかり取り乱してしまい、

「診もしないで、何を言うのですか。さあ、早く支度を」

と、道拓を急かした。

道拓はまだ未練たらしく芸者の手を握っている。

「すぐ駕籠が参りますから」

金兵衛が言う。

「ちっ、こんなときに」

長右衛門は耳を疑った。

だが、そんなことにかかずらっている余裕はなかった。芸者たちも、しらけた顔をしたが、長右衛門は強引に道拓を引き立てた。

倅の和太郎は『高砂屋』の大事な跡取りだ。万が一のことがあれば、せっかくここまで身代を大きくした意味がない。

駕籠がやって来たという知らせに、道拓を急かして、門に出た。

金兵衛に見送られて、長右衛門と道拓は駕籠に乗り込んだ。

駕籠が二つ、夜の町を深川冬木《ふゆき》町から神田佐久間町に向かって走った。途中、永代橋を渡り、小網町に差しかかったとき、ふと、この辺りに康安の医院があることを思い出した。なぜ、康安のことを思ったのか。

だが、駕籠は堀沿いをまっすぐに進み、あっという間に小網町から遠ざかって行った。

やっと、店に辿り着いた。

駕籠から下り、すぐに潜り戸を抜けて、奥に急いだ。

和太郎がふとんに横たわっていた。呼吸が荒い。

「おまえさん」

和太郎の手を握っていた妻が振り返った。泣いた跡があり、すっかり取り乱している。

「道拓先生が来た。さあ、先生」

疲れたような顔をしていたが、道拓は酔いも吹っ飛んだようだ。

道拓は和太郎の傍に行き、額に手を当て、胸に手を当て、手首を掴んで脈を診た。

それから、和太郎の腹部に手を当てた。

道拓が小首を傾げた。

「血を吐いたそうですな」

「は、はい。たくさん」

「労咳《ろうがい》かもしれませんな」

「労咳？」

長右衛門は目眩《めまい》がした。

「あとで、薬を調合して届けさせます」

道拓が帰ったあと、ふと、市兵衛がやって来たときのことを思い出した。

あのとき、市兵衛は真剣な眼差しで言った。

「康安先生は蘭方を学び、漢方のほうにも長じているのです。これまでにも何人もの重たい病気の患者を助けています。どうぞ、ご援助をしていただけないでしょうか」

市兵衛はそう言い、血を吐いて倒れた患者を救った話もしていた。

なぜ、こんなことを思い出すのか。

長右衛門は和太郎の苦悶に満ちた顔を見て、ふいに立ち上がった。

「おまえさん。どうなさったのですか」

「ちょっと出かけて来る。誰か、急いで駕籠を」

表に出て駕籠がやって来るのを待ちながら、長右衛門は和太郎を助けることしか頭になかった。

駕籠がやって来た。

「小網町二丁目だ。急いで、やってくれ」

「へい」

駕籠かきが威勢よく駕籠を担いだ。

駕籠に揺られながら、なぜかこのままでは和太郎が助からないような気がした。その一方で、労咳に罹《かか》ったことが信じられなかった。

もし、労咳なら、どこかに養生しに行かせなければならない。もう、代を継ぐことは出来ない。長右衛門は絶望的な気持ちになっていた。

康安の家に着いた。玄関に乏しい明かりが灯っていた。

駕籠を待たせたまま、玄関に向かった。

「すみません。康安先生をお願いいたします」

奥に向かって怒鳴ると、やがて四十前と思われる男が出て来た。

「康安ですが」

「私は、神田佐久間町で質店を営む『高砂屋』の長右衛門と申します。伜が血を吐いて倒れました。労咳かもしれません。先生に診ていただきたいのですが」

「今はどういう状態ですか」

「熱があります。呼吸は苦しそうですが、今は眠っております」

「すぐ、行きましょう」

康安はいったん奥に戻り、薬箱を自分で持って出て来た。

「先生。駕籠で先に行ってください。私はあとから行きます」

「急ぎますので、そうさせていただきましょう」

康安は駕籠に乗り込んだ。

駕籠かきに、

「私の店だ。いいね」

と告げ、酒手を弾むから急いでと、付け加えた。

長右衛門もあとを追い、途中で見つけた辻駕籠に乗った。

やっと、家に辿り着いた。

和太郎の寝ている部屋に行くと、妻の顔が穏やかになっていた。

「どうした?」

「労咳じゃないそうよ」

「えっ、労咳じゃない。康安先生、そうなんですか」

長右衛門は康安に訊ねた。

「胃の中に出来た腫《は》れ物が破れて吐血したのでしょう。命に関わるような病気ではありませぬが、ゆっくりと静養が必要かと思われます」

命に関わる病気ではないと聞いて、長右衛門は胸を撫で下ろした。

だが、康安の次の一言が胸に突き刺さるのを感じた。

「おそらく、相当な激しい心労が重なっていたのではないでしょうか」

「心労？」

「悩みがあって、ひとりで抱え込んでいたのかもしれません」

血が逆流するような衝撃が全身を走った。

まさか……。和太郎は知っていたのではないか。

和太郎は、母親似で、おとなしい男だった。血も涙もないような長右衛門の仕事のやり方に批判的だった。

世間から非難されていることに心を痛めていた。

和太郎は、貧しい者が質入れに来ると、質草の価値以上に金を貸し与え、また、品物を引き出しに来たときは安く返してあげていた。

「お父っつあん。質屋は困ったひとのためにあるもの。私は、貧しいひとたちの力になるような質屋にしたいのです」

「甘いのだ。そんなきれいごとでは金儲けなど出来やしない」

「生活出来ればいいと思います」

「商売に同情は禁物だ」

和太郎とやり合ったことがあった。

そういうときに市兵衛からの依頼があった。和太郎は援助してやりたいと言った。だが、長右衛門は一蹴した。

そのことがあってから、和太郎は元気をなくしていた。しかし、長右衛門はそのことをたいしたことと思わなかった。

最近、和太郎はとみに塞《ふさ》ぎ込んでいた。常に、何か他のことを考えている。何か思い悩んでいる。そんな気がしていた。

顔を合わせるたびに、和太郎は何か言いたそうにしていた。

そういったことを思い合わせると、今回のことに気づいていたとしか思えない。なにしろ、大黒天の面をつけた男が喜八だと見抜いたのは、和太郎なのだ。七福神殺しに、自分の父が関係しているかもしれない。そのことで思い悩んだことが、今度の吐血に繋がったのかもしれない。

長右衛門は改めて己の罪の深さにおののいた。

五

その夜、剣一郎は植村京之進と共に、『鶴之家』という茶屋の入口を見通せる場所に立っていた。

『鶴之家』から芸者の弾く三味線や賑やかな唄声も聞こえて来る。

同心や岡っ引きの総力を挙げての探索の結果、深川仲町にある『鶴之家』に伏木為三郎という浪人が通っているということがわかった。

伏木為三郎はもう三年ほど通っているという。馴染《なじ》みの娼妓は、男名前で、きく次という。

その客はだいたい三日ごとにやって来ていると言い、今夜がその日だった。

「来ました」

向こうから大柄な侍が足早にやって来て、『鶴之家』に入って行った。

「あの男が伏木為三郎か」

「はい。いかがでしょうか」

「覆面姿だったので、なんとも言えないが、体つきはそっくりだ。それに、あの刀」

胴太貫という剛剣を腰に差している。

「奴に間違いない」

剣一郎は、あのときの示現流の攻撃を思い出した。

それから、しばらくして派手な着物に、髪の飾りも賑やかな娼妓が、供の女といっしょに『鶴之家』に入って行った。

「あれが、きく次です」

呼んだのは伏木為三郎であることは、すでに京之進が『鶴之家』の女将《おかみ》に当たって調べてあった。

翌日、剣一郎はいったん奉行所に出てから、神田佐久間町の『高砂屋』に向かった。途中、京之進の一行と出会った。

「ゆうべの件はだめでした」

京之進が無念そうに報告した。

明け方に、伏木為三郎は『鶴之家』を出た。前夜から岡っ引きが手下と共に張っていて、伏木為三郎のあとをつけた。だが、伏木為三郎に容易に近づけなかった。近づけば、尾行を悟られてしまう。そうこうしているうちに、見失ったというのだ。

「また、三日後に『鶴之家』を張り、今度は隠密廻りに尾行をお願いするつもりです」

京之進はさらに、

「それから、青柳さまが仰られたように、『浅野屋』にも見張りをつけさせています。まだ、動きはありません」

「うむ。私は『高砂屋』に行ってみる。また、あとで」

剣一郎は京之進と別れ、『高砂屋』に足を向けた。

土蔵と質屋の看板の出ている『高砂屋』につき、暖簾の出ている店の隣の玄関を入ろうとしたとき、康安が出て来たのだ。

「康安先生ではないか」

剣一郎は覚えず声をかけた。

「あっ、これは青柳さま」

「ここに病人でも？」

「はい。ご子息の和太郎さんです。もう、だいぶよいのですが、あとしばらく安静にしておいたほうがいいと思います」

かつて、市兵衛はここに寄附の申し入れをしに来て、断られたのだ。そのことを思い出し、康安が往診に来ていたことを不思議に思った。

康安が引き上げてから、改めて長右衛門を訪ねた。

長右衛門は剣一郎を客間に通した。

「高砂屋は、浅野屋を知っているか」

目を見開いて、長右衛門は剣一郎を見返し、

「存じあげておりますが」

「どういう関係か？」

質屋と油問屋、仕事上の結びつきはない。

「私と浅野屋さんは、道拓先生の患者でした。何度か、道拓先生のお宅にお邪魔したとき、浅野屋さんとお近づきになりました。その後、一時、お店の苦しいときに助けていただいたこともあります」

長右衛門は不安な表情で、

「浅野屋さんが何か」

と、きいた。

「いや。それより、さきほど、康安先生に会ったが」

剣一郎は話題を変えた。

「はい。じつは伜が血を吐いて倒れました」

「道拓先生に診てもらっているのではないのか」

剣一郎は素直な疑問を呈した。

「はあ。じつは、康安先生の評判をお聞きして、康安先生に……」

長右衛門は言いにくそうに言った。

「そうであったか」

「あの……」

長右衛門が何か言いかけた。が、すぐに、

「いえ、何でもありません」

と、口をつぐんだ。

引き上げるときも、長右衛門は何か言いかけて、あわてて口を閉ざした。

何か訴えようとしている。そう思ったが、長右衛門は結局何も言わなかった。

　剣一郎が帰ったあと、長右衛門は迷いが消えず、気持ちを整理するように立ち上がり、庭に出たが、落ち着かなかった。

　妻女が呼びに来た。

「和太郎が呼んでおります」

「うむ。すぐ行く」

　廊下に上がり、和太郎のところに行った。

　和太郎は内庭に面した部屋で寝ていた。

「どうだ、具合は？」

「うん。だいぶ楽になった」

　和太郎は静かに言い、

「お父っつあん。今、青柳さまが来ていたそうだね。おっ母さんが言っていた」

「ああ」

「何の用で？」

「そんなこと気にしなくていい」

「お父っつあん。お願いだ。知っていることは何でも話してくれ」

「何のことだ」

やはり、和太郎は感づいているのだ。

「お父っつあん。俺は不思議に思っていたんだ。なぜ、喜八のことをお役人に告げず、浅野屋さんだけに話したのか。そのうちに同じ下手人によって何人かが続けて殺された。ひょっとして、殺されたのは七福神の一味だったのではないかと思うようになったんだ」

「和太郎」

「俺、ずっと気に病んでいたんだ。その殺しにお父っつあんが絡んでいるんじゃないかって。だから、俺、神社にお願いにいったんだ。俺の命を差し上げますから、お父っつあんが、これ以上罪を犯しませんように。どうぞ、お父っつあんをお許し下さいって」

長右衛門は胸を抉《えぐ》られたようになった。

「だから、血を吐いたとき、俺の願いが聞き入れられたのだと思った。あのまま、死んでもよかったんだ」

「和太郎。私がばかだった。おまえに心配をかけて。だが、これだけは信じてくれ。私が指示したわけではない。ただ、誰がやったか知っていて、口をつぐんでいた。それは私の責任だ」

「お父っつあんが首謀者じゃないのか」

「そうだ。私はそこまで悪い人間じゃない。ただ、黙って見ていた。その責任は大きい」

「お父っつあん。俺がやりたい質屋って、今のような質屋じゃないんだ。医者でいえば、康安先生のような質屋をやりたいんだ。たとえ、店は小さくとも、そんな質屋をやりたいんだ」

「和太郎。私は決心した。青柳さまに会って来る」

長右衛門が立ち上がると、和太郎が口許に笑みを浮かべた。


『高砂屋』から奉行所に戻った剣一郎は、長谷川四郎兵衛に頼み込んで、ようやくお奉行の山村良旺と会うことが出来た。

そこで、剣一郎は七福神一味のことや、その一味を殺しにかかっている者たちがいることを話し、徳二郎、おまき、井関孫四郎の三人の赦免を嘆願した。

「七福神の一味はそれぞれいろいろ事情があって仲間に入りました。皆、自分のために加わったのではありません。他人のために……」

「だまらっしゃい。法を破った者はそれなりに罰を与える。それが理《ことわり》というもの」

傍で聞いていた長谷川四郎兵衛は眦《まなじり》をつり上げて怒り、お奉行も難しい顔をしていた。

「このままでは、そなたは七福神一味を匿《かくま》っていると見られても仕方ない。いや、奉行所内部でも、青柳どのの動きがおかしいと言い出す者もおる」

四郎兵衛は容赦なく、剣一郎を責めたてた。

「ごもっともではございますが、今は連続殺人の下手人を突き止めることが目下の急務。そのためには七福神一味を泳がせておかねばなりません」

「それほど言うなら、早急に犯人を捕まえよ。さもなければ、七福神の残党をすぐにでもお縄にする」

「まあ、事件がすべて解決してから、改めて話を聞こう」

お奉行が突き放すように言った。


夕方、奉行所から剣一郎が帰るのを待っていたかのように、本材木町《ほんざいもく》一丁目にある蕎麦《そば》屋の女中がやって来た。質店『高砂屋』の主人長右衛門から頼まれたのだと言う。大事な用があるので、ご足労願えないかというものであった。

その用件に、剣一郎は想像がついた。

剣一郎は着流しに着替え、女中の案内で蕎麦屋に向かった。高砂屋は八丁堀の近くまでやって来ていたらしい。

楓川を越え、本材木町一丁目に入ると、その蕎麦屋の軒行灯がすぐに目に入った。店に入り、奥の梯子段で二階に上がると、小部屋に高砂屋長右衛門が待っていた。

「急にお呼び立てして申し訳ありません」

「いいや。大事な話とあれば聞かぬわけにはいかぬ」

茶を運んで来た女中に、

「話が済むまで、誰も来ないようにしてください」

と、長右衛門は頼んだ。

女中が部屋を出て行ったあと、長右衛門は居住まいを正し、

「青柳さま。七福神殺しについて、すべてお話しいたします」

「聞こう」

剣一郎も緊張した。

「私どもの『高砂屋』に七福神が押し込んだのが七月十八日でございました。じつは、このとき、大黒天の面をかぶっていた男が、以前にうちに質入れにきた喜八という男ではないかと、伜の和太郎が言い出したのです。それで、この話を『浅野屋』の金兵衛さんにしたのです」

「やはり、浅野屋だったのだな。すると、伏木為三郎の雇い主は浅野屋」

「お気づきでございましたか」

驚いたように、長右衛門は目を見張った。

「いや。はっきりした証拠はない。だから、推測の域を出ていなかった。だが、おぬしの話ではっきりした」

「私はまさか、浅野屋さんが喜八を見つけ出し、金で喜八を味方に引き入れるようなこと

までするとは思いもしませんでした。浅野屋さんが一味の皆殺しに乗り出したのは、喜八から次の標的が『浅野屋』だと聞いたからだと思います」

推測の通りだと思ったが、まだわからないことがある。

「しかし、それだけのことで、一味を皆殺しにしようと思うのはどうしてなのだ」

「じつは、浅野屋さんは市兵衛に対して含むところがあったようです。根津の遊廓に、浅野屋さんが入れ揚げている娼妓がおりました。ところが、その娼妓に間夫がいたことがわかって逆上し、浅野屋さんは刃物を持ってその娼妓を追いかけ回したことがあったのですす。そのとき、金兵衛を押さえつけたのが市兵衛でした。見苦しい姿を自ら晒《さら》したのですが、市兵衛に恥をかかされたと、浅野屋さんは逆恨みをしていたようです」

「ようするに、浅野屋にとって、市兵衛はいろいろな意味で目障《めざわ》りな存在だったというわけか」

「それだけではございません。浅野屋さんと医師の道拓先生との結びつきもございます」

「結びつきとは？」

「道拓先生の息子の嫁が、『浅野屋』の娘なのです。『浅野屋』の財力を背景にしているので、道拓先生の医院はどんどん大きくなっていました。でも、最近、とみに康安先生がもてはやされており、道拓先生の威光に影が射してきているようです。だから、康安先生を支援している七福神一味を許せなかったのだと思います」

「標的を自分のところに向けていた七福神、そして、盗んだ金を康安先生の支援に向けている七福神。そういうことが、浅野屋にとって許しがたかったというわけか」

身勝手な理屈に、剣一郎は腸《はらわた》が煮えくり返って来た。

長右衛門は畳に手をつき、

「浅野屋さんのやっていることを薄々承知していながら、私は見て見ぬふりをしてきました。私も同罪です」

「いや。高砂屋、よく訴えてくれた」

「青柳さま。それより、今度は伏木為三郎は喜八を襲います。喜八さえ亡き者にすれば、もう証拠は一切残らないと考えてのことです」

「なに、喜八を」

「はい。それから、伏木為三郎は今度、某藩に仕官出来ることになって、喜八を殺したら、その藩邸に逃げ込むつもりのようです」

「なんと」

剣一郎はふと焦《あせ》りを覚えた。徳二郎たちが囮になるという計略が意味をなさなくなる。喜八が殺され、伏木為三郎に藩邸に逃げ込まれたら、浅野屋を追及することも難しくなる。

こうなったら、こっちから誘き出すしかない。剣一郎は覚悟を固めた。

六

翌日、剣一郎は日本橋北の橘町一丁目に向かった。油問屋の『浅野屋』がある。

剣一郎の訪問に、浅野屋金兵衛はにこやかな表情で出て来た。痩せているが、長身で、顔の血色のよい男だ。

客間で向かい合ってから、浅野屋金兵衛は、

「かねてからお噂を伺っておりました。して、きょうはどんな御用でございましょうか」

と、おもねるような言い方をした。

「七福神一味を捜索しているうちに、七福神が次に狙う店が、『浅野屋』だったことがわかった」

剣一郎は単刀直入に切り出した。

「ほう。私のところですか」

おかしそうに笑い、

「でも、七福神一味はもう盗みは出来ないと聞きましたが……」

と、金兵衛が余裕を持って言い返した。

「それは、誰から」

「料理屋に行っても、芸者の中からも、そんな話が出ます。七福神一味が次々に何者かに殺されていると。なんでも瓦版でもちきりだとか」

「じつは、その一味を斬った人間の見当がついている」

「見当がついている？　誰ですか」

「伏木為三郎という示現流の遣い手だ」

金兵衛の顔色が変わった。

「証拠がある話ではない。じつは、二度、一味の者が襲撃されたところに出くわして、襲撃者と立ち合った。ところが、立ち合った相手は覆面をしており、顔はわからないのだ。ただ、伏木為三郎という示現流の遣い手がいるという話を耳にしたので、今、伏木為三郎という浪人を探しているのだ。なんでも、深川仲町の『鶴之家』という茶屋に出入りしていると聞いているので、今夜からその前で待ち伏せしてみるつもりでおる」

「しかし、その者が確かに犯人だと決まったわけではありますまい」

「そのとおりだ。だから、伏木為三郎のことはまだ他の者には話しておらぬ、私ひとりで動いているだけなのだ」

金兵衛はふと口許を歪《ゆが》めた。

「それでは失礼した」

剣一郎は立ち上がった。

浅野屋金兵衛が挑発に乗って来るかどうか。剣一郎はそこに賭けた。

その夜、剣一郎は深川八幡の一の鳥居をくぐった。

つけられていることはわかっていた。つけているのは町人ふうの男だ。喜八ではないかと思ったが、喜八がすでに始末されている可能性も高い。

『鶴之家』に近づいたとき、町人ふうの男が近づいて来るのがわかった。ずっとつけて来た男だ。

「もし、青柳さまで」

男が腰を低くして声をかけた。

「いかにも、青柳剣一郎だが」

はじめて気づいた振りをして、剣一郎は振り向いた。

「あっしは、そこで浪人の旦那に頼まれたんです。ぜひ、青柳さまを呼んできて欲しいと。もし、よろしかったら、あっしに付いて来てやっちゃくれませんか」

「いいだろう」

剣一郎は言ってから、

「おまえの名は？」

と、きいた。

「へ、へい。留蔵《とめぞう》です」

「喜八という者を知らないか」

「喜八ですか。いえ」

「おまえは『浅野屋』の者か」

「青柳の旦那。あっしは、ただ使いを頼まれただけですぜ」

男の目が鈍く光った。

「そうだったな。じゃあ、案内してもらおうか」

留蔵のあとについて、永代寺門前町を突っ切って、三十三間堂を過ぎ、堀を渡った。前方の暗がりに材木置き場が見えた。

剣一郎は気づかれないように振り返った。文七が身を潜めてあとについて来ている。

「喜八という男を探しているのだが、おまえは、知らないか」

剣一郎は男に声をかけた。

「旦那。さっきも知らないと答えたはずですぜ」

「そうだったな」

材木置き場に近づいた。男が辺りを見回した。

「どこまで行くつもりだ？」

剣一郎は声をかけた。

していた。


「もう、そこですぜ」

そう言ったあと、留蔵はいきなり逃げるように駆け出した。入れ代わって、数人の影が現れた。手拭いで頰被りをした浪人体の男が三人。皆、抜刀している。

「浅野屋に飼われた狂犬か」

雲が切れ、月明かりが射した。三人の男たちの姿がくっきり浮かび上がった。三人とも大柄な男だ。

鯉口を切り、剣一郎も祖父の代からの山城守国清《やましろのかみくにきよ》銘の新刀上作の剣を抜く。

剣一郎はやや半身になり正眼《せいがん》に構えた。新陰《しんかげ》流の江戸柳生《やぎゅう》の流れをくむ真下《ました》道場で皆伝をとった腕前である。

剣を構える位置は高く、切っ先は敵の眼につけた。

真ん中で、正眼に構えていた男が大上段に構えを移した。と、同時に他のふたりが左右に分かれ、剣一郎の背後にまわった。

三人は呼吸が合っているようだ。後ろのふたりはともに八相《はっそう》に構えている。

剣一郎は正眼に構えた刀の切っ先を相手の小手につけたまま、目を少し細め、眉間の奥にある第三の目で背後の敵の動きを見た。

剣一郎の剣は、相手の機先を制しての殺人《さつにん》剣ではなく、相手の仕掛けに応じて攻撃をする活人剣《かつにんけん》であり、決して剣一郎のほうから仕掛けない。相手に先に攻撃をさせ、その流れに合わせて敵を討つ。

正面の敵が上段から斬りかかってきた。が、それは見せかけだと剣一郎は見抜いていた。実際に攻撃を仕掛けて来たのは斜め後ろの敵だ。

剣一郎は体を開いて相手の刀を撥ね返すや、すぐに身を翻《ひるがえ》して、正面の敵に踏み込んで行った。

敵の思惑を破っての攻撃に、正面の敵はあわてたようだ。後退《あとずさ》って、剣一郎の刀を受け止めた。が、剣一郎は素早く相手を突き放し、続けざまに、左斜め後方にいた男に上段から斬りかかって行った。そして、相手の二の腕に一撃を加えた。

三人で一体の攻撃の流れの分断に成功すれば、あとは一対一の対峙《たいじ》でしかない。

苦し紛れに斬りかかって来た男の二の腕を斬り、さらに、残りのひとりも手首をしたたか峰を返して打ちつけた。

三人が刀を落とし、うめき声をもらして、うずくまっている後ろから、巨軀の浪人者が現れた。

体の割には顔が細く、冷酷そうな目をしていた。

「伏木為三郎だな」

顔を晒《さら》しているのは剣一郎をこの場で葬るという意気込みの表れであり、その自信があるからだろう。

示現流の遣い手だ。腰に差しているのは胴太貫と呼ばれる剛剣である。その胴太貫を、伏木為三郎は豪快に抜いた。

そして、右肘を後方に引き、肩より高めに上げる。左腕の脇を締め、左手を刀の柄に添えて、刀を後方に高く構えた。示現流独特のとんぼの構えだ。

「おぬしの雇い主は浅野屋だな」

正眼に構え、剣一郎は声をかけた。

が、相手は無言で、間合いを詰めて来る。

「喜八はどうした？」

もう一度、剣一郎はきいた。

「もう始末したのか」

しかし、まるで聞こえなかったかのように、為三郎から返事はない。

ただ、口許が緩《ゆる》んでいる。ひとを殺すのがいかにも楽しいという感じだ。

ふいに、独特の気合もろとも、斬りかかって来た。あの剛剣をまともに受けたら、刀が折れてしまいかねない。

剣一郎も同時に踏み込み、刀の鎬《しのぎ》で受け、その衝撃を和《の》らげるためにすぐに刀の刃先を下げて、相手の刀を受け流し、素早く後ろに飛び退いた。

伏木為三郎は右手一本で剛剣を操り、自由な左手がもう一つの攻撃を仕掛けて来る。へたに鍔迫り合いになると、その左手が恐怖になる。

再び、間合いを詰め、為三郎は気合とともに斬りかかってきた。今度も、同じように鎬で受け流し、さっと剣一郎は飛び退いた。

相手がいらだって来ているのがわかった。

三たび、為三郎はとんぼの構えで、間合いを詰めて来る。剣一郎は同じように正眼に構えた。

剣一郎は相手の動きを読んだ。激しい気合もろとも、剛剣が唸りを生じて襲って来た。剣一郎も踏み込み、刀の鎬で相手の剛剣を受けた。そして、刃先を下げて、受け流した。が、為三郎は斬りかかったとき、すでに小刀を抜いていた。

受け流したあと、剣一郎の態勢の整わないうちに小刀が顔面を襲って来た。

剣一郎は腰を沈め、下から伸び上がるようにして刀をすくい上げて、小刀を払った。為三郎が体勢を崩した。その間隙をとらえ、相手の胸元に飛び込むように峰で相手の脾腹《ひばら》をうちつけた。

為三郎は片膝をついた。さらに、剣一郎は峰で相手の右小手を打った。剛剣が為三郎の手から落ちた。

「殺せ」

はじめて、伏木為三郎が口を開いた。

「殺しはせぬ。おぬしには、話してもらわねばならないことがあるのだ」

「俺は何も喋らん」

さっきの三人の浪人はすでに姿を消していた。文七の姿もない。

そこに、提灯の明かりと、幾つもの足音が重なって近づいて来た。

「青柳さま」

「おう、京之進か」

どうやら、『鶴之家』を見張っていた岡っ引きが、京之進に知らせに走ったようだ。

「この男が伏木為三郎だ」

京之進が岡っ引きに為三郎に縄を打つように命じた。

暗がりから男が走って来た。文七だ。

「奴らは、冬木町にある『浅野屋』の別邸に入って行きました」

「よくやった、文七」

剣一郎は京之進に向かい、

「『浅野屋』の別邸に、俺を襲った三人の浪人者がいるはずだ」

「わかりました。応援を頼んで、『浅野屋』に踏み込みます」

「頼んだ」

剣一郎はふと安堵の胸を撫で下ろしたが、徳二郎のことに思いをはせて胸を痛めた。

七

三日後、剣一郎は深川万年町にある寺の山門をくぐった。

徳二郎の妻女おさよの墓に向かうと、やはり、徳二郎とおまきがいた。ふたりの姿を見ていて、剣一郎は温かいものが胸に広がるのを感じた。

近づいて行くと、徳二郎が気がついて振り返った。

「一さん」

「おまきさんの家に行ったら留守だったので、おそらくここだと思ってね。俺にもお参りをさせてくれ」

剣一郎はおさよの墓前に手を合わせた。

剣一郎が立ち上がるのを待って、徳二郎が声をかけた。

「一さん。もういいよ」

「いいよって、何が」

「きのう、同心の植村京之進さまが来たんです」

おまきが口をはさんだ。

「京之進が?」

「聞いたよ。一さんは、あっしらのためにお奉行に掛け合ってくれているそうじゃないか。ありがたい。でも、もういいんだ。そんな真似を一さんにさせてしまっては申し訳ない」

「何を言うんだ。徳さんやおまきさんは自分のためにやったんじゃないんだ」

「いや。一さん。あっしたちが押し込みに入ったのは紛れもない事実なんだ。お裁きを受けるのは当然だ。おまきさんとも話し合った。素直に、お裁きを受けようと決めたんだ。遠島か、死罪か。どうなるかわからないが、あっしたちは本望だ」

「そうです。青柳さま。私たちのために、奉行所内で不利なお立場になるなんて、困ります。もう十分、青柳さまにはしていただきましたから」

「じつは、これからふたりで御番所まで自首しに行くところだったんだ。その前に、おさよに別れを言いにここにやって来たんだ」

この三日間、剣一郎はなんとか三人を助けたくて奔走したのは事実だ。

浅野屋は罪を認めた。伏木為三郎、そして女のところに隠れていた喜八ともども死罪になるのは間違いないだろう。高砂屋は身代を和太郎に譲り、自分は小伝馬町の牢屋敷に入れられた。だが、事件の解決の道を作ってくれたのが高砂屋長右衛門だという剣一郎の訴えにお奉行も理解を示してくれていた。長右衛門は重い罪にはならずに済みそうだ。

七福神事件の首謀者は市兵衛であり、康安は無関係ということがわかり、お咎《とが》めなしということになった。が、一味の者すべての身元も明らかになってしまった。

一味で生き残ったのは徳二郎、おまき、そして井関孫四郎の三人だ。何とか、この三人だけは助けたい。それが、剣一郎の願いだった。

「一さん。いっしょに釣りに行く約束が果たせなくてすまない。悪いと思っている」

徳二郎が言う。

「徳さん。おまきさん。ふたりとも、生まれ変わったらどうだね」

「生まれ変わる?」

「そうだ。ふたりで人生をやり直すんだ。おさよさんだってきっと許してくれるはずだ」

「一さん。何を言うんだ。あっしたちはそんなんじゃ……」

「おまきさんはどうなんだね。これから、徳さんといっしょに生きて行くというのは?」

「そんな。だって、そんなこと、考えたことがありませんもの」

おまきは恥じらうように言う。

「そうだよ。一さん。あっしたちは、お裁きを受ける身。そんなことは、夢の中の話だ」

「なあ、徳さん。おまきさんも、よく聞いてくれ」

剣一郎はふたりの顔を交互に見た。

「七福神の一味は皆、面をつけていて顔を晒していないのだ。それに、ほんとうに七人いたのか、わからない。被害に遭った商家だって、七福神の面をつけていたから、七人いたと思い込んでしまっただけなのかもしれないんだ」

「……」

「まわりくどい言い方はやめよう。徳さん、おまきさんとふたりで江戸を離れるんだ。町方がふたりを追いかける理由は何もないんだ」

それが、お奉行との話し合いの結果だった。捕まえて、お裁きに温情を加えたとしても遠島は免れない。それより、逃がしてしまうのだ。ほんとうに、七福神の一味かどうかわからないのだから、あえて追うことはしない。

お奉行はそういう、はからいにしてくれた。

「一さん、すまねえ」

徳二郎が嗚咽をもらした。

「でも、そんなことをして、一さんに迷惑がかかっては……」

「俺のことなら心配はいらない。どうだね、おまきさん。おまえさんもずっと苦労してきたのだ。これからは、徳さんといっしょに自分の幸せを摑むんだ」

「青柳さま」

おまきも涙声になった。

「よし、承知だな。ふたりの道中手形が用意出来たら、さっそく旅立つのだ。徳さんは傷は治り切らずに辛いと思うが、ともかく江戸を離れるのだ」

「何から何まで」

「井関孫四郎どのにも妻女といっしょに国元に帰るように話してある」

「そうですか。井関さまも。それはよかった」

「徳さんと別れるのは寂しいが、仕方ない。何年かして、江戸に戻って来たら、また、伊勢町河岸の『山膳』で酒を酌み交わそう」

「ああ、楽しみにしている」

徳二郎はふとおさよの墓に向かった。

「おさよ。聞いていたか。あっしはおまきさんと新しい人生を歩むことになった。勘弁してくれ」

「おさよさん。きっと徳さんと幸せになります。堪忍して」

おまきも手を合わせていた。


徳二郎とおまきが江戸を発《た》って、五日が経った。沼津《ぬまづ》に、彫金の親方の知り合いがいるので、そこを訪ねることになったのだ。

高輪までふたりを見送り、帰って来てから、剣一郎は急に寂しさに襲われ、ため息ばかりつくようになっていた。

ことに夕方になると、胸が締めつけられるような切なさに襲われた。

いそいそと外出の支度をし、『山膳』に通っていたことが遠い昔のことのようでもあるし、ついきのうのことのようにも思えた。

夜になっても、剣一郎は縁側に出て、月を眺めていた。

「夜風は体に障《さわ》りますよ」

多恵が傍にやって来た。

「もう沼津に着いただろうな」

「ええ。そのうちにお手紙が参るでしょう。とうとう、徳二郎さんには会えず仕舞いでしたわ」

「そうだな。そう言えば、剣之助はどうした？」

「また、出かけました」

「そうか。だんだん、俺たちの意見も聞かなくなって行くな」

「お酒でもつけましょうか」

珍しく、多恵が言う。

「よし。久しぶりに、ふたりで呑もう」

俺には多恵がいるのだと、剣一郎はようやく元気が出て来た。

七福神殺し

一〇〇字書評

切り取り線

購買動機（新聞、雑誌名を記入するか、あるいは○をつけてください）	
□（　　　　　）の広告を見て	
□（　　　　　）の書評を見て	
□ 知人のすすめで	□ タイトルに惹かれて
□ カバーが良かったから	□ 内容が面白そうだから
□ 好きな作家だから	□ 好きな分野の本だから

・最近、最も感銘を受けた作品名をお書き下さい

・あなたのお好きな作家名をお書き下さい

・その他、ご要望がありましたらお書き下さい

住所	〒				
氏名		職業		年齢	
Eメール	※携帯には配信できません	新刊情報等のメール配信を 希望する・しない			

この本の感想を、編集部までお寄せいただけたらありがたく存じます。今後の企画の参考にさせていただきます。Eメールでも結構です。

いただいた「一〇〇字書評」は、新聞・雑誌等に紹介させていただくことがあります。その場合はお礼として特製図書カードを差し上げます。

前ページの原稿用紙に書評をお書きの上、切り取り、左記までお送り下さい。宛先の住所は不要です。

なお、ご記入いただいたお名前、ご住所等は、書評紹介の事前了解、謝礼のお届けのためだけに利用し、そのほかの目的のために利用することはありません。

〒一〇一－八七〇一
祥伝社文庫編集長　清水寿明
電話　〇三（三二六五）二〇八〇

祥伝社ホームページの「ブックレビュー」からも、書き込めます。
www.shodensha.co.jp/bookreview

祥伝社文庫

七福神殺《しちふくじんごろ》し
風烈廻《ふうれつまわ》り与力《よりき》・青柳剣一郎《あおやぎけんいちろう》

平成18年 9 月10日　初版第 1 刷発行
令和 7 年 6 月30日　　　第10刷発行

著　者　小杉健治《こすぎけんじ》
発行者　辻　浩明
発行所　祥伝社《しょうでんしゃ》
東京都千代田区神田神保町 3-3
〒101-8701
電話　03（3265）2081（販売）
電話　03（3265）2080（編集）
電話　03（3265）3622（製作）
www.shodensha.co.jp

印刷所　堀内印刷
製本所　ナショナル製本

Printed in Japan ©2006, Kenji Kosugi ISBN978-4-396-33310-2 C0193